《诗经》爱情诗选

孙霄兵
编　著

江西教育出版社
·南昌·

图书在版编目(CIP)数据

《诗经》爱情诗选 / 孙霄兵编著 . -- 南昌：江西教育出版社，2021.11
　　ISBN 978-7-5705-2492-1

Ⅰ.①诗… Ⅱ.①孙… Ⅲ.①《诗经》—诗歌研究 Ⅳ.① I207.222

中国版本图书馆 CIP 数据核字 (2021) 第 214376 号

《诗经》爱情诗选
《SHIJING》AIQINGSHI XUAN
孙霄兵　编著

江西教育出版社出版
(南昌市抚河北路 291 号　　邮编：330008)

各地新华书店经销
湖北金港彩印有限公司印刷
开本：880 毫米 ×1230 毫米　　1/32
印张：7.375　字数：153 千
2021 年 11 月第 1 版　　2021 年 11 月第 1 次印刷
ISBN 978-7-5705-2492-1
定价：42.00 元

赣教版图书如有印装质量问题，请向我社调换 电话：0791-86710427
投稿邮箱：JXJYCBS@163.com　　电话：0791-86705643
网址：http://www.jxeph.com

赣版权登字 -02-2021-680
版权所有　侵权必究

目录

第一章　赞美（十五首）

周南·樛木 *004*

周南·麟之趾 *006*

召南·何彼襛矣 *008*

邶风·简兮 *010*

鄘风·君子偕老 *012*

卫风·硕人 *014*

郑风·叔于田 *016*

郑风·清人 *018*

齐风·卢令 *020*

齐风·猗嗟 *022*

魏风·汾沮洳 *024*

唐风·椒聊 *026*

秦风·蒹葭 *028*

陈风·宛丘 *030*

陈风·衡门 *032*

第二章　相思（二十七首）

周南·卷耳 036

周南·汉广 038

周南·汝坟 040

召南·草虫 042

召南·殷其雷 044

邶风·击鼓 046

邶风·雄雉 048

邶风·匏有苦叶 050

卫风·伯兮 052

卫风·有狐 054

王风·扬之水 056

王风·采葛 058

王风·大车 060

郑风·东门之墠 062

郑风·子衿 064

郑风·出其东门 066

秦风·小戎 068

秦风·晨风 070

陈风·防有鹊巢 072

陈风·月出 074

陈风·泽陂 076

豳风·东山 078

小雅·采薇 082

编写说明

《诗经》是世界上最古老、最伟大的诗歌总集之一，也是中华民族最早的文明成果之一，自产生起，已有三千年左右流行传播的历史。同时，它也是中国上古时代的百科全书，反映了当时人们社会生活方方面面的内容，在中国文化史上具有极高的价值。《诗经》一直处在文学、诗学、美学的最高典范的地位。西汉司马迁在《报任安书》中说："《诗》三百篇，大抵贤圣发愤之所为作也。"2019年5月15日，习近平主席在亚洲文明对话大会开幕式上的主旨演讲中指出："在数千年发展历程中，亚洲人民创造了辉煌的文明成果。《诗经》《论语》《塔木德》《一千零一夜》《梨俱吠陀》《源氏物语》等名篇经典……都是人类文明的宝贵财富。"将《诗经》作为亚洲文明的代表之一，体现了《诗经》在亚洲各国文明中无与伦比的地位。

在《诗经》中，爱情是最为重要的主题之一。爱情是人类生活最为重要的内容和最高的归宿。没有爱情，就没有人类的一切。爱情涉及婚姻、家庭、繁衍等基本内容。没有了爱情，劳动、生存、创造，也就没有了意义。这一主题在《诗经》中得到了冠绝古今的表现。因此，本书将这些诗篇特别采撷出来，汇编成集。

科学、正确地对待爱情，是马克思、恩格斯思想的重要内容。对于爱情的产生，伟大导师恩格斯指出："不言而喻，体态的美丽、亲密的交往、融洽的旨趣等等，曾经引起异性间的性交的欲望，同谁发生这种亲密的关系，无论对男子还是对女子都不是完全无关紧要的。"《诗经》对于爱情的丰富多彩的描写，是其他民族的诗篇所不具有的。甚至可以说，《诗经》在人类历史上最早、最完整地表达了爱情的本真状态及其相关的社会因素。我们同时也可以从《诗经》深刻感到人类的共同情感和需求，也就是人性的表达，几千年来并无大的改变。我们应当倍感珍惜。

爱情是人类社会特别是上古社会诗歌的重要主题。《诗经》中爱情主题诗有100余篇，约占《诗经》诗篇总数的三分之一，是占篇幅最多的主题，可见爱情在上古人们心中和社会生活中的分量。因此，本书持爱情本位、爱情主义立场，也就是说，《诗经》的内容篇章，除了其他主题有明确指向的，均向爱情主题靠拢。因为，《诗经》毛序可以将所有《诗经》诗篇都向经学靠拢，作经学解释，而且将很多爱情诗，斥为"淫诗"，其所论及，满目皆是。那么，为什么就不能持相反之情爱立场，向爱情主题看齐靠拢呢？《诗经》时代，是儒家思想尚未形成、尚未形成主流意识形态的时代，是中国历史婚姻制度尚未完全形成的时代,也是后代法制没有完全形成的时代。当时社会的规则,主要源于礼、周礼。《诗经》时代,虽然不是原始社会,但保留了大量的原始社会遗风,特别是在爱情婚姻关系上,在两性关系上,是最为自由、最为重要的时代。在男女交往、求爱求欢、婚姻相配等方面,要比后世自由开放得多。这一基本状况,是不能用后世封建主义、资本主义意识形态加以判断确定的。笔者认为,从自由、开放、历史、普世的视角,看待《诗经》大量描写的爱情婚姻活动、两性活动,是历史唯物主义的态度,既符合逻辑,也符合事实,是历史与逻辑的统一。当然,对于历史上公认或者传统认为具有讽刺批判意味的爱情诗篇,本书也都收入。总之,本书对于相关篇章的解释,可能会出现与部分学者不一致的地方。读者可以本着百花齐放、百家争鸣的态度进行分析判断。

《诗经》中有的诗篇可能包括但不限于夫妻、恋人之间的感情,也可以用于亲情之间。本书采取了更为宽泛的标准,均酌情收入。当然,绝大多数仍是男女之情,即爱情,共101首。本书在爱情主题下,将相关内容分为六个专题:赞美(15首)、相思(27首)、求爱(21首)、欢会(23首)、伤怀(11首)、悼亡(4首)。相关诗篇也按这六个专题分类列出。当然,篇幅章节,多寡不同。每个专题诗篇按照《诗经》编次先后排列,虽然地域篇章有所不同,也有其发展变化的逻辑。此次所选编的《〈诗经〉爱情诗选》,既反映了《诗经》中的爱情观点,也反映了《诗经》中的爱情美学。

对于具体篇章,本书基于《诗经》传统文本材料,以及参照相应的历史文献材料，在诗篇的具体解释上，采取诵读提示、白话翻译两个栏目进行细化分析。诵读提示述其主旨，白话译文作为文意传达。白话译文的许多理解可能与传统看法不同，不作为标准的学术阐释。因为，本书是从爱情诗的角度进行理解的，为适应现代人的需要，做出了现代诗似的解释。笔者认为，《诗经》的爱情篇章，对于今天人们的恋爱婚姻，对于今天人们如何表达、理解爱情生活，深入发展爱情生活，有着重要的借鉴及指导意义。《诗经》中许多关于爱情的格言警句，更是可以为今天的恋爱、婚姻、家庭之启发，随时引用。

在具体诗句解释中，作为文学普及读物，只作一般常识性说明，不作专门学术考证、论证。对于诗中的字词，本书尽量简单地作了释义，力求通顺、正确。但不能作为训诂学、文字学上的解释，只是为了读通诗句进行的释义。《诗经》中的诗已经产生并流传了三千年左右，其思想内容和形式格律要求都有各种各样的说法，诗句文字也有不可胜数的各种解释。本书不陷于其中的争论，只表示自己的看法。

专题编选出版《诗经》爱情诗，是一个新的尝试，希望广大读者提出意见，以便今后改进。

孙霄兵
二〇二一年六月十二日于北京

小雅·杕杜	086
小雅·车辖	088
小雅·都人士	090
小雅·采绿	092

第三章　求爱（二十一首）

周南·关雎	096
周南·桃夭	098
召南·摽有梅	100
鄘风·柏舟	102
鄘风·蝃蝀	104
鄘风·干旄	106
卫风·木瓜	108
王风·君子阳阳	110
王风·丘中有麻	112
郑风·将仲子	114
郑风·遵大路	116
郑风·山有扶苏	118
郑风·蘀兮	120
郑风·狡童	122
郑风·褰裳	124
齐风·载驱	126
唐风·羔裘	128
唐风·有杕之杜	130

陈风·株林	*132*
桧风·隰有苌楚	*134*
豳风·伐柯	*136*

第四章　欢会（二十三首）

召南·鹊巢	*140*
召南·野有死麕	*142*
邶风·北风	*144*
邶风·静女	*146*
鄘风·桑中	*148*
郑风·女曰鸡鸣	*150*
郑风·有女同车	*152*
郑风·丰	*154*
郑风·风雨	*156*
郑风·野有蔓草	*158*
郑风·溱洧	*160*
齐风·鸡鸣	*162*
齐风·还	*164*
齐风·著	*166*
齐风·东方之日	*168*
齐风·东方未明	*170*
魏风·十亩之间	*172*
唐风·绸缪	*174*
秦风·车邻	*176*

陈风·东门之枌	178
陈风·东门之池	180
陈风·东门之杨	182
小雅·隰桑	184

第五章　伤怀（十一首）

召南·行露	188
召南·江有汜	190
邶风·柏舟	192
邶风·日月	194
邶风·终风	196
邶风·谷风	198
卫风·氓	202
王风·中谷有蓷	206
小雅·我行其野	208
小雅·谷风	210
小雅·白华	212

第六章　悼亡（四首）

邶风·绿衣	216
唐风·无衣	218
唐风·葛生	220
桧风·素冠	222

所谓伊人,在水一方。

第一章

赞美 —— 十五首

赞美是爱情的初心。《诗经》中大量出现对爱情的赞美，对恋爱对象的形体、容颜、品德的赞美。既赞美女性，也赞美男性；既赞美爱情的发源，也赞美爱情的过程，更赞美爱情的成果。这些诗篇全部出现在《国风》中，更能深切说明《国风》起源于生活、起源于原生状态。

周南·樛木

南有樛(jiū)木[1],
葛藟(lěi)累之[2]。
乐只君子[3],
福履绥(tuǒ)之[4]。

南有樛木,
葛藟荒之[5]。
乐只君子,
福履将之[6]。

南有樛木,
葛藟萦之[7]。
乐只君子,
福履成之[8]。

△ **注释**

1 樛:树木向下弯曲。
2 葛藟:葛和藟均为蔓生植物。累:缠绕。
3 乐只:犹"乐哉"。只:语助词。
4 福履:福禄。绥:通"妥",下降,降临。
5 荒:掩盖。
6 将:扶持。
7 萦:意同"累",缠绕。
8 成:成就。

○ 诵读提示

全诗大意是对于君子的歌颂和祝福。本篇是"藤缠树"这一意蕴丰富的爱情符号的最早来源,可以理解为对爱情和幸福的追求。

□ 白话翻译

南山的樛树上,
野藤在缠。
君子保持欢乐啊,
会有好运来伴。

南山的樛树上,
野藤在长。
君子保持欢乐啊,
会有好运来帮。

南山的樛树上,
野藤在绕。
君子保持欢乐啊,
会有好运来报。

周南·麟之趾

麟之趾¹,
振振公子²,
于嗟麟兮³。

麟之定⁴,
振振公姓⁵,
于嗟麟兮。

麟之角,
振振公族⁶,
于嗟麟兮。

△ 注释

1 麟:麒麟。古代传说中的神兽,据说它的出现象征祥瑞。趾:足。据说麒麟的脚不践踏生草,这里喻指公侯子孙宅心仁厚。下文"定""角"亦是同样用法,指公侯子孙不伤人、不撞人。
2 振振:旺盛貌,振奋有为的样子。公子:公侯的后代。
3 于嗟:感叹语气词。
4 定:同"颠",额头。
5 公姓:公侯的同姓子孙。
6 公族:公侯的同族子孙。

○ **诵读提示**

本诗大意是少女对贵族公子高尚品德的赞美,流露出爱慕之情。与《周南·关雎》中少年对少女的赞美相似。

□ **白话翻译**

麒麟有足不踢人,
振奋有为的公子,
你们真像麒麟啊!

麒麟有额不撞人,
公侯的同姓子孙,
你们真像麒麟啊!

麒麟有角不伤人,
公侯的同族子孙,
你们真像麒麟啊!

召南·何彼襛矣

何彼襛(nóng)矣¹?
唐棣(dì)之华²。
曷不肃雍³?
王姬之车⁴。

何彼襛矣?
华如桃李。
平王之孙⁵,
齐侯之子。

其钓维何⁶?
维丝伊缗(mín)⁷。
齐侯之子,
平王之孙。

△ 注释

1 何彼襛矣:即"彼何襛矣"的倒装。襛,浓艳美丽的样子。
2 唐棣:树木名。华:通"花"。
3 曷:通"何"。肃雍:严肃雍和。
4 王姬:周王的女儿或孙女称王姬。
5 平王:即周平王。
6 钓:作名词,钓具,此指鱼线。维:系,连接;也有"为"的意思。
7 维、伊:意同"为",是。缗:丝绳。

○ **诵读提示**

本篇大意是对新婚女子的美貌和车辆服饰的赞美。

□ **白话翻译**

怎么如此浓艳美丽呢?
如同唐棣的花啊。
为什么不严肃雍和呢?
那是王姬的车啊!

怎么如此浓艳美丽呢?
如同桃李的花啊。
那人是平王的外孙,
齐侯的女儿!

钓鱼竿系着什么呢?
是丝线拧成的绳。
那人是齐侯的女儿,
平王的外孙!

邶风·简兮

简兮简兮，方将万舞[1]。
日之方中，在前上处。

硕人俣俣[2]，公庭万舞[3]。
有力如虎，执辔如组[4]。

左手执龠[5]，右手秉翟[6]。
赫如渥赭[7]，公言锡爵[8]。

山有榛[9]，隰有苓[10]。
云谁之思？西方美人。
彼美人兮，西方之人兮。

△ 注释

1 方将：将要，正要。万舞：古代的一种舞蹈。
2 硕人：身材高大的人。俣俣：意同"硕人"，魁梧。
3 公庭：公侯的庭院。
4 执辔：拿着缰绳。组：编织好的整齐丝线，这里指简拿着舞具模仿驾车的动作。
5 龠：一种管乐器名。
6 翟：野鸡的羽毛。
7 赫：红色。渥：沾湿浸润。赭：红泥土，一说红颜料。
8 锡：通"赐"，赏赐。爵：酒杯。
9 榛：灌木名。
10 隰：低湿的地方。苓：荷花。

○ **诵读提示**

本篇大意是男子跳舞时的美丽舞姿引起了女子的赞美。简，过去认为是鼓声，或说形容舞师的勇武，今此处作人名解。

□ **白话翻译**

简啊简啊，马上就要跳万舞了。
正是太阳升起时，他站到了队伍的前面。

高大魁梧的人啊，开始在公侯庭院跳万舞。
他的动作有力就像老虎，
抡起来的车绳就像飘带。

左手拿着排箫，右手拿着鸡尾。
脸庞红润像染了颜料，
是公爵赏赐他喝了酒。

山上有榛子树，湿地有荷花。
大伙在想谁呢？是西方美丽的简。
这个美丽的人，就是来自西方。

鄘风·君子偕老

君子偕老,副笄六珈[1]。
委委佗佗[2],如山如河。
象服是宜[3],子之不淑[4],
云如之何!

玼兮玼兮[5],其之翟也[6]。
鬒发如云[7],不屑髢也[8]。
玉之瑱也[9],象之挮也[10]。
扬且之皙也[11]。
胡然而天也,胡然而帝也[12]。

瑳兮瑳兮[13],其之展也[14]。
蒙彼绉絺[15],是绁袢也[16]。
子之清扬[17],扬且之颜也。
展如之人兮[18],邦之媛也[19]。

△注释

1 副、笄、珈:均为古代首饰名称。
2 委委佗佗:形容仪态庄重雍容。
3 象服:绘有图像的衣服。宜,适宜。
4 不淑:指品德不好。
5 玼:玉色明亮,此处形容衣服鲜艳。
6 翟:野鸡毛,此处指有野鸡纹饰的衣服。
7 鬒发:黑而密的头发。
8 髢:假发。
9 瑱:耳瑱,一种耳饰。
10 象之挮:象牙做成的簪子。
11 扬:颜色鲜美,形容明亮。且:助词。皙:面色白净。
12 胡然而天也,胡然而帝也:指见者惊异其服饰妆容,以为是天仙、帝女。胡然,为什么这样。而,如。
13 瑳:与"玼"同义,玉色明亮。
14 展:展衣,礼服。
15 蒙:罩着。绉絺:精细的葛布。
16 绁袢:内衣。

17 清扬:目光明亮。
18 展:乃,诚然。
19 邦:国邦,国家。
媛:美人。

○ 诵读提示

本诗全篇都是对于主人公的赞美与同情,并表达了爱慕的心情。首段突然出现的"子之不淑",即是对女主人公不幸遭遇的惋惜与无奈。至于具体所指对象,可以作宽泛理解。

□ 白话翻译

她愿意与君子一起变老,
漂亮的簪子上有许多珠宝。
她仪态像山河一样庄重雍容。
可是却遇人不淑,说这些又能怎么样!

她的礼服明亮鲜艳,上面绘有野鸡纹饰。
头发又黑又密如云彩一般,
用不着假发来装点。
她的耳饰美玉做成,她的发簪象牙打造,
额头饱满面色白皙。
为什么如此像天仙,为什么如此像帝女。

鲜艳明亮的,是她的洁白展衣,
蒙着细纹的精细葛布的,是她的贴身衣服。
她是那样眉清目秀,额头饱满面色白皙。
如此美貌的人啊,是国中的美女。

卫风·硕人

硕人其颀^{qí} [1],衣锦褧^{jiǒng}衣[2]。
齐侯之子,卫侯之妻。
东宫之妹,邢侯之姨,
谭公维私[3]。

手如柔荑^{tí}[4],肤如凝脂[5]。
领如蝤蛴^{qiú qí}[6],齿如瓠犀^{hù xī}[7]。
螓^{qín}首蛾眉[8],巧笑倩兮[9],
美目盼兮[10]。

硕人敖敖[11],说^{shuì}于农郊[12]。
四牡有骄[13],朱幩镳镳^{fén biāo}[14]。
翟茀^{dí fú}以朝[15],大夫夙退[16],
无使君劳。

河水洋洋[17],北流活活[18]。
施罛^{gū}濊濊^{huò}[19],鳣鲔^{zhān wěi}发发[20]。
葭菼^{jiā tǎn}揭揭[21],庶姜孽孽^{niè}[22],
庶士有朅^{qiè}[23]。

△ 注释

1 颀:修长。
2 衣锦:衣,作动词,穿,即穿着华丽的锦衣。褧衣:细麻布做的罩衫。
3 维私:维,是。私,古人称呼姊妹的丈夫为私。
4 柔荑:柔嫩的初生茅草。
5 凝脂:凝结的油脂,这里形容肤色白。
6 领:脖颈。蝤蛴:天牛的幼虫,这里形容脖颈长而白。
7 瓠犀:葫芦籽,这里形容牙齿白而整齐。
8 螓:一种像蝉的虫子,头部宽大方正。蛾眉:蚕蛾一样触须长而弯的眉毛。
9 倩:酒窝。
10 盼:眼睛黑白分明的样子。
11 敖敖:身材修长高大。
12 说:停车休息。
13 四牡:四匹雄马。骄:健壮的样子。
14 朱幩:马车旁装饰的红绸。镳镳:盛美的样子。
15 翟茀:野鸡羽毛装饰的车;茀,遮蔽。朝:上朝。
16 夙退:早点退朝。
17 洋洋:水茫茫的样子。

18 北流：向北流的河。活活：水流的样子。
19 施罛：撒网。泧泧：撒网入水的声音。
20 鱣鲔：鲤鱼，鲟鱼。发发：鱼尾击水声。
21 葭：芦苇。菼：初生的荻。揭揭：形容长势旺盛。
22 庶姜：众多姜姓女子。孽孽：衣饰华丽。
23 庶士：众多臣子。朅：威武的样子。

○ **诵读提示**

本篇是对美人的赞颂。赞颂的美人可能是作者的爱慕对象，也可能只是作者的单相思。

□ **白话翻译**

高大的美人身材修长，
穿着华丽的上衣和细麻做的罩衫。
她是齐侯的女儿，卫侯的妻子。
太子的妹妹，邢侯的小姨，谭公是她的姐夫。

她的手像刚长出的嫩芽的茅草，皮肤像凝结的油脂。
脖子像蝤蛴长而白，牙齿像瓠籽白而齐。
前额宽大方正，眉毛修长弯曲，
她轻轻一笑出现酒窝，美丽的眼睛黑白分明。

高大的美人身材修长，停车休息在城郊。
四匹公马很健壮，红色绸巾随风飘，
装饰着羽车来上朝。
大夫无事就早点退下吧，莫让君主太操劳。

黄河的水浩浩荡荡，奔流到北方，
渔网呼呼地撒开，鱼儿扑腾着进了网。
芦苇荻草都长势旺盛，众多姜姓女子衣饰华丽，
众多臣子威武雄壮。

郑风·叔于田

叔于田[1],
巷无居人。
岂无居人?
不如叔也,
洵(xún)美且仁[2]。

叔于狩,
巷无饮酒。
岂无饮酒?
不如叔也,
洵美且好。

叔适野[3],
巷无服马[4]。
岂无服马?
不如叔也,
洵美且武。

△ **注释**

1 田:同"畋",打猎。
2 洵:的确。
3 适野:去野外。
4 服马:骑马。

○ **诵读提示**

本篇大意是对男性英雄的崇拜和爱慕。这里称叔，笔者认为是女子自降一辈的"尊敬体"，如此称呼以示爱慕敬重。今天部分地区的方言、口语中，依旧保留有这种用法。可以称叔，可以称伯，这里均指自己所爱慕的男子。后文《卫风·伯兮》《郑风·萚兮》《郑风·丰》中的"愿言思伯""叔兮伯兮"也是这一类的用法。《诗经》多篇均有此类表述，特此说明。

□ **白话翻译**

大叔去打猎了，
街巷仿佛没人住。
真的是没有人居住吗？
只是他们都不如大叔啊，
漂亮而且仁德。

大叔去打猎了，
街巷没有人喝酒。
真的是没有人喝酒吗？
只是他们都不如大叔啊，
漂亮而且好看。

大叔去打猎了，
街巷没有人骑马了。
真的是没有人骑马吗？
只是他们都不如大叔啊，
漂亮而且勇武。

郑风·清人

清人在彭[1],
驷介旁旁[2]。
（sì）
二矛重英[3],
河上乎翱翔。
（áo）

清人在消,
驷介麃麃[4]。
（biāo）
二矛重乔[5],
河上乎逍遥。

清人在轴,
驷介陶陶[6]。
左旋右抽[7],
中军作好。

△ **注释**

1 清人：清邑之人。彭：与下文的"消""轴"同是地名，在黄河边上。
2 驷介：披甲的四匹马。旁旁：强壮有力的样子。
3 二矛：插在车两旁的矛。重英：矛上重叠的缨饰。
4 麃麃：英勇威武的样子。
5 重乔：重叠的野鸡羽毛。
6 陶陶：马飞奔的样子。
7 旋、抽：旋转，抽刀，均是驾车人的动作。

○ **诵读提示**

本诗大意是女子对于戍边情人的怀念和赞颂。

□ **白话翻译**

清邑之人在彭地,
他披甲的四匹马奔驰作响。
两个矛尖上有重叠的红缨,
在河岸上奔驰游逛。

清邑之人在消地,
他披甲的四匹马英勇威武。
两个矛尖上有重叠的羽毛,
在河岸上自由逍遥。

清邑之人在轴地,
他披甲的四匹马飞奔疾驰。
驾车向左旋转,向右抽刀,
在中军做得最好。

齐风·卢令

卢令令[1],
其人美且仁。

卢重环[2],
其人美且鬈(quán)[3]。

卢重鋂(méi)[4],
其人美且偲(cāi)[5]。

△ **注释**

1 卢:猎犬。令令:即猎犬铃铛的丁零声。
2 重环:套着的项圈。
3 鬈:头发卷曲的样子。
4 鋂:一个大环套两个小环。
5 偲:有才华。

○ **诵读提示**

本篇是对心爱之人的赞美,作者对心上人的道德、长相、才华进行了全面夸耀,认为他是一个完美的配偶。

□ **白话翻译**

牵着的猎犬铃铛丁零响,
那人长得帅而且好心肠。

牵着的猎犬项圈几重环,
那人长得帅而且头发卷。

牵着的猎犬项圈大小套,
那人长得帅而且才华高。

齐风·猗嗟

猗嗟昌兮[1],
颀而长兮,
抑若扬兮[2]。
美目扬兮[3],
巧趋跄兮[4],
射则臧兮[5]!

猗嗟名兮[6],
美目清兮[7],
仪既成兮[8]。
终日射侯[9],
不出正兮[10],
展我甥兮[11]!

猗嗟娈兮[12],
清扬婉兮[13],
舞则选兮[14]。
射则贯兮[15],
四矢反兮[16],
以御乱兮[17]!

△ 注释

1 猗嗟:叹词。昌:美好的样子。
2 抑若:美的样子。扬:前额宽阔。
3 扬:眼睛动的样子。
4 巧:灵活,灵巧。趋跄:步伐稳健地快走。
5 臧:准。
6 名:同"明",昌盛明净。
7 清:目光清澈明亮。
8 仪:射箭前的礼仪。
9 侯:靶子。
10 正:靶子的正中心。
11 展:乃,诚然,确实。
12 娈:美好。
13 清扬婉兮:眉目美好的样子。
14 舞则选兮:射箭仪式中表现杰出。选,突出,杰出。
15 贯:穿透。
16 四矢:四支箭矢。反:反复,重复。
17 御乱:抵御战乱。

○ **诵读提示**

本篇诗意是赞美男子英俊的外貌和高超的射箭技艺。

□ **白话翻译**

哎呀这么壮实啊,
身材高挑而修长,
前额多么宽广。
眼睛美丽灵动上扬,
步伐巧妙灵活迅捷,
射箭技术真的棒!

哎呀这么明净啊,
漂亮的眼睛很清亮,
射箭的仪式已经完成。
天天练习射箭,
都射中红心,
不愧是我们家的外甥!

哎呀这么美好啊,
苗条身材,清澈眼神,
在仪式中这么杰出。
射箭穿透了靶子,
四支箭矢都射中靶心,
他真可以抵御叛臣!

魏风·汾沮洳

彼汾沮洳¹，言采其莫²。
彼其之子，美无度³。
美无度，殊异乎公路⁴。

彼汾一方，言采其桑。
彼其之子，美如英⁵。
美如英，殊异乎公行⁶。

彼汾一曲⁷，言采其藚⁸。
彼其之子，美如玉。
美如玉，殊异乎公族⁹。

△ **注释**

1 汾：汾水。沮洳：水边低湿的地方。
2 莫：草名，可以食用，味酸。
3 美无度：指那个人极度美丽。度，限度。
4 殊异：非常优异。公路：官名，同"公辂"，这里指掌管王公大车的官吏。
5 英：鲜花。
6 公行：掌管王公兵车的官吏。
7 曲：弯曲的地方。
8 藚：植物名，可入药，嫩时可食。
9 公族：掌管王公宗族事务的官吏。

○ 诵读提示

本篇诗意是赞美汾水边的小伙子。小伙子可能是作者心爱的人，所以对他深情赞颂。

□ 白话翻译

在那汾水湿地上，采些酸酸的莫草。
那个小伙子啊，真是极度地美丽。
美得无节度啊，
比掌管王公大车的官吏还要优异。

在那汾水一方，采些桑树的叶子。
那个小伙子啊，如同鲜花一样美丽。
美丽如鲜花啊，
比掌管王公兵车的官吏还要优异。

在那汾水弯曲的地方，采些入药的荬草。
那个小伙子啊，如同玉石一样美丽。
美丽如玉石啊，
比掌管王公宗族事务的官吏还要优异。

唐风·椒聊

椒聊之实¹,
蕃衍盈升²。
彼其之子,
硕大无朋³。
椒聊且⁴(jū),
远条且。

椒聊之实,
蕃衍盈匊⁵。
彼其之子,
硕大且笃⁶。
椒聊且,
远条且。

△ 注释

1 椒聊之实:花椒籽。
2 蕃衍:繁多。盈:装满了。升:一种器具。
3 无朋:无比。
4 且:助词,用法同"哉"。
5 匊:同"掬",两手捧。
6 笃:忠厚。

○ **诵读提示**

本篇诗意是赞美女人多子,也是对于生命和爱情的赞颂。

□ **白话翻译**

花椒繁多的种子,
多得一升装不下。
那家的儿子们,
都长得高大无人可比。
也像花椒啊,
枝条都很长,
香味飘很远。

花椒繁多的种子,
多得双手捧不完。
那家的儿子们,
都长得高大又忠厚。
也像花椒啊,
枝条都很长,
香味飘很远。

秦风·蒹葭

蒹葭苍苍[1],白露为霜。
所谓伊人,在水一方。
溯洄从之[2],道阻且长。
溯游从之,宛在水中央。

蒹葭凄凄[3],白露未晞[4]。
所谓伊人,在水之湄[5]。
溯洄从之,道阻且跻[6]。
溯游从之,宛在水中坻[7]。

蒹葭采采[8],白露未已[9]。
所谓伊人,在水之涘。
溯洄从之,道阻且右[10]。
溯游从之,宛在水中沚。

△ **注释**

1 蒹葭:芦苇。苍苍:芦苇茂盛时的青苍色。
2 溯洄:逆流而上。从:接近。
3 凄凄:同"萋萋",茂盛。
4 晞:干。
5 湄:岸边,下文"涘"意思相近。
6 跻:高。
7 坻:水中的小洲、小岛,下文"沚"意思相近。
8 采采:茂盛的样子。
9 已:意同"晞",干。
10 右:道路迂回。

○ **诵读提示**

本篇是作者描画的一个美丽场景，也可能实有其境、其人。此诗问世以来，受到了普遍推崇，诗中的场景在后世文学创作中被多次模仿援引。笔者认为，这是最好的中国古典诗歌之一。诗意典雅清丽，是描写可遇不可求的思慕的典型作品。今天无论怎样尽力翻译，都很难还原原诗的境界。

□ **白话翻译**

芦苇颜色青苍苍，白色露水结成霜。
我思念的那个人，在水流的那一方。
逆着水流去找她，路程险阻而且长。
顺着水流去找她，她好像在水中央。

芦苇叶子很茂盛，白色露水未晒干。
我思念的那个人，在水流的那一湾。
逆着水流去找她，路程险阻而且远。
顺着水流去找她，她在水中小洲间。

芦苇叶子很茂密，白色露水未晾干。
我思念的那个人，在水面的那边岸。
逆着水流去找她，道路险阻向右弯。
顺着水流去找她，她在水中小岛边。

陈风·宛丘

子之汤兮[1],
宛丘之上兮[2]。
洵有情兮?
而无望兮。

坎其击鼓[3],
宛丘之下。
无冬无夏,
值其鹭羽[4]。

坎其击缶(fǒu)[5],
宛丘之道。
无冬无夏,
值其鹭翿(dào)[6]。

△ 注释

1 子:你。汤:同"荡",跳舞的样子。
2 宛丘:地名。
3 坎:击鼓声。
4 值:拿着。鹭羽:白鹭羽毛做的舞具。
5 缶:一种打击乐器。
6 鹭翿:白鹭羽毛做的舞具,类似旌旗。

○ **诵读提示**

本篇诗意是对于当时歌舞的巫女的赞美，也是作者爱慕之心的表露。

□ **白话翻译**

你那样地奔放，
舞蹈在宛丘上。
你真对我有情吗？
实际没有希望。

你的鼓声激昂，
舞蹈在宛丘下。
无论冬天夏天，
拿着鹭鸟的羽毛。

你敲打着瓦缶，
在宛丘的道路上。
无论冬天夏天，
拿着鹭鸟的羽饰。

陈风·衡门

衡门之下[1],
可以栖迟[2]。
泌(bì)之洋洋[3],
可以乐饥[4]。

岂其食鱼,
必河之鲂(fáng)[5]?
岂其取妻,
必齐之姜[6]?

岂其食鱼,
必河之鲤?
岂其取妻,
必宋之子[7]?

△ **注释**

1 衡门:横木为门,这里指居所简陋。
2 栖迟:休息,安身。
3 泌:水名。洋洋:水流的样子。
4 乐饥:充饥。
5 鲂:鳊鱼古称。
6 齐之姜:齐国姜姓的贵族女子。
7 宋之子:宋国子姓的贵族女子。

○ 诵读提示

本篇诗意是对自己平静温馨的爱情生活的满足，潜台词是有你就已经很好了，不需要寻求别人。既含有饥不择食、贫不择妻的自嘲，也含有清贫自守的高洁自许。

□ 白话翻译

简陋的横门下面，可以居住休息。
泌河长流的河水，可以填饱饿肚。

难道想吃鱼一定要黄河里的鲂？
难道想娶妻一定要娶齐国贵女姓姜？

难道想吃鱼一定要黄河里的鲤？
难道想娶妻一定要娶宋国贵女姓子？

第二章

相思——二十七首

相思是爱情的主要状态。《诗经》以较大的篇幅反映了相思的内容,出现了许多爱情诗的名篇。《诗经》中的相思诗主要出现在《国风》中,也出现在《小雅》中,说明了《诗经》中描写相思的普遍性。

周南·卷耳

采采卷耳[1],
不盈顷筐[2]。
嗟我怀人,
寘彼周行[3]。

陟彼崔嵬[4],
我马虺隤[5]。
我姑酌彼金罍[6],
维以不永怀[7]。

陟彼高冈,
我马玄黄[8]。
我姑酌彼兕觥[9],
维以不永伤。

陟彼砠矣[10],
我马瘏矣[11]。
我仆痡矣[12],
云何吁矣[13]。

△ 注释

1 卷耳:植物名,可食用,也可入药。
2 盈:满。顷筐:浅口筐子。
3 寘:同"置",放置。周行:环绕的大路。
4 陟:登。崔嵬:高山。
5 虺隤:指马因为疲劳生病不能行走。
6 姑:姑且。酌:斟酒。金罍:酒杯。
7 维:助词。以:能。永怀:长久思念。
8 玄黄:指马生病久了出现黄斑。
9 兕觥:牛角做的酒杯。
10 砠:险要的石山。
11 瘏:指马因为疲劳生病不能行走。
12 痡:指人因为疲劳生病不能行走。
13 吁:吁叹。

○ 诵读提示

本篇写了两个互相想念的人相思而不得见的痛苦心情。这两个人也可能是夫妻,也可能是恋人,一个在等,一个在走。

□ 白话翻译

采啊采啊采卷耳,
也采不满一个浅筐。
心中怀念出门人,
将筐放在路边上。

登上了高高的山岭,
我的马儿疲劳生病。
姑且喝口铜杯里的酒,
这样才能忘记长久的思念。

爬上了高高的山岗,
我的马儿毛色变黄。
姑且喝口犀杯里的酒,
这样才能忘记长久的忧伤。

爬上了高高的石山,
我的马儿累趴下。
我的仆人也累倒了,
你说这该怎么办。

周南·汉广

南有乔木[1],不可休思[2]。
汉有游女,不可求思。
汉之广矣,不可泳思。
江之永矣,不可方思[3]。

翘翘(qiáo)错薪[4],言刈(yì)其楚[5]。
之子于归[6],言秣(mò)其马[7]。
汉之广矣,不可泳思。
江之永矣,不可方思。

翘翘错薪,言刈其蒌(lóu)[8]。
之子于归,言秣其驹(jū)[9]。
汉之广矣,不可泳思。
江之永矣,不可方思。

△ 注释

1 乔木:高大的树木。
2 休:休息。思:语末助词,下同。
3 方:同"舫",小船。
4 翘翘:这里指高高的样子。错薪:错杂纷乱的柴草。
5 言:语助词。刈:割。楚:柴荆。
6 之子于归:这个女子出嫁。
7 秣:喂。
8 蒌:蒌蒿。
9 驹:小马驹。

○ 诵读提示

本篇诗意是男子遇到爱慕的女子，找机会搭讪示好求爱。

□ 白话翻译

南方高大的乔木，没有荫凉能休息。
汉水游玩的姑娘，不可以追求得到。
汉水非常地宽广，不能靠游泳过去。
江水流得非常长，不能靠小船渡过。

高高草木好柴禾，要砍就砍最高的。
这个姑娘要嫁我，我要帮她喂饱马。
汉水非常地宽广，不能靠游泳过去。
江水流得非常长，不能靠小船渡过。

高高草木好柴禾，我们去砍好芦蒿。
这个姑娘要嫁我，我要帮她喂小马。
汉水非常地宽广，不能靠游泳过去。
江水流得非常长，不能靠小船渡过。

周南·汝坟

遵彼汝坟[1]，
伐其条枚[2]。
未见君子，
惄(nì)如调饥[3]。

遵彼汝坟，
伐其条肄(yì)[4]。
既见君子，
不我遐弃[5]。

鲂(fáng)鱼赪(chēng)尾[6]，
王室如燬(huǐ)[7]。
虽则如燬，
父母孔迩(ěr)[8]。

△ 注释

1 遵：遵循，沿着。汝：汝水。坟：同"濆"，堤岸。
2 伐：砍伐。条枚：树的枝条。
3 惄：忧愁。调饥：早餐没吃挨饿。
4 肄：树木砍后再生的新枝。
5 遐弃：远离抛弃。
6 鲂：鳊鱼。赪：红色。
7 燬：火，如火烧一样。
8 孔：很，非常。迩：近。

○ 诵读提示

本篇诗意是妻子惦记丈夫,决定在家好好侍奉父母,表达了深厚的夫妻之情。

□ 白话翻译

沿着汝水的河堤,
砍了树枝砍树干。
没有看见君子你,
苦如清晨无早餐。

沿着汝水的河堤,
砍下树上新枝条。
还好看见君子你,
你还仍然与我好。

鲂鱼有条红尾巴,
好像王宫有火灾。
虽然王宫有火灾,
幸好父母在身边。

召南·草虫

喓喓草虫[1]，趯趯阜螽[2]。
未见君子，忧心忡忡[3]。
亦既见止[4]，亦既觏止[5]，我心则降[6]。

陟彼南山，言采其蕨[7]。
未见君子，忧心惙惙[8]。
亦既见止，亦既觏止，我心则说[9]。

陟彼南山，言采其薇[10]。
未见君子，我心伤悲。
亦既见止，亦既觏止，我心则夷[11]。

△ 注释

1 喓喓：虫鸣声。草虫：泛指草间鸣叫的昆虫。
2 趯趯：跳跃的样子。阜螽：即蚱蜢。
3 忡忡：心绪不安。
4 亦：如果。既：已经。见止：见之，见他。
5 觏：遇见。
6 降：降下，放心。
7 蕨：野菜，可食。
8 惙惙：忧愁的样子。
9 说：同"悦"，快乐。
10 薇：植物名。
11 夷：平静。

○ **诵读提示**

本篇诗意是女子对于爱人的想念。她听到了草间鸣虫，于是思恋爱人，心神不宁。

□ **白话翻译**

草里的虫子在叫，蚱蜢在跳。
没有看见君子，心里非常焦躁。
如果能看见他，能和他好上，
我的心就放下了。

登到南山上，采到蕨菜了。
没有看见君子，心里非常忧愁。
如果能看见他，能和他好上，
我的心就快乐了。

登到南山上，采到薇菜了。
没有看见君子，心里非常伤悲。
如果能看见他，能和他好上，
我的心就平静了。

召南·殷其雷

殷其雷[1]，在南山之阳[2]。
何斯违斯[3]？莫敢或遑[4]。
振振君子[5]，归哉归哉！

殷其雷，在南山之侧[6]。
何斯违斯？莫敢遑息[7]。
振振君子，归哉归哉！

殷其雷，在南山之下。
何斯违斯？莫敢遑处[8]。
振振君子，归哉归哉！

△ 注释

1 殷：雷声，这里比喻车声。
2 阳：山的南边。
3 何斯：为何此时。违斯：离开这里。斯，代词。
4 遑：闲暇。
5 振振：振振有为的样子。
6 侧：旁边。
7 息：休息。
8 处：居住。

○ **诵读提示**

本篇是写妻子对于丈夫的眷恋和期盼，希望丈夫不要远行，能够跟自己在一起。

□ **白话翻译**

隐隐的雷声来了，在南山的南面。
为何到了这里又要走？
没有闲暇的时间吗？
我振振有为的君子啊，
回来吧，快回来吧！

隐隐的雷声来了，在南山的侧面。
为何到了这里又要走？
没有休息的时间吗？
我振振有为的君子啊，
回来吧，快回来吧！

隐隐的雷声来了，在南山的下面。
为何到了这里又要走？
没有居住的时间吗？
我振振有为的君子啊，
回来吧，快回来吧！

邶风·击鼓

击鼓其镗(tāng)[1],踊跃用兵[2]。
土国城漕(cáo)[3],我独南行。

从孙子仲[4],平陈与宋[5]。
不我以归[6],忧心有忡。

爰(yuán)居爰处[7]?爰丧其马[8]?
于以求之[9]?于林之下。

死生契阔[10],与子成说[11]。
执子之手,与子偕老。

于嗟阔兮[12],不我活兮[13]。
于嗟洵兮[14],不我信兮[15]。

△ 注释

1 镗:鼓声。
2 踊跃:鼓舞。兵:武器。
3 土国:挖土。城漕:修城挖漕。
4 从:跟从。孙子仲:出征的将领。
5 平:和,讲和,调停。
6 不我以归:"不以我归"的倒装,不让我回家。
7 爰:犹"于焉",在哪里。
8 丧马:丢失战马。
9 于以:于何,在哪里。求之:找它。
10 契:聚合。阔:离散。
11 成说:达成约定、誓言。
12 于嗟:叹词。阔:遥远。
13 活,通"佸",聚会。
14 洵:诚心。
15 信:同"申",说。

○ **诵读提示**

本篇诗意是远征的人对妻子和家庭的想念。他跟随将领离开亲人去远方,就像离群的马一样,前途迷茫,归期难卜。

□ **白话翻译**

鼓声敲得咚咚响,鼓舞人们拿起刀枪。
大伙挖土筑城墙,只有我从军向南方。

跟着统帅孙子仲,和谈国家陈与宋。
不能让我回到家,一片心思很沉重。

哪里确定我住处?哪里丢了我的马?
我到哪里去找它?难道已在树林下?

生和死,聚和散,都同你一起约定。
紧紧拉着你的手,要与你一起变老。

今天隔得这么远,见不到你怎么办。
我这一片诚心意,没有地方申说完。

邶风·雄雉

雄雉于飞¹，泄泄其羽²。
我之怀矣，自诒伊阻³。

雄雉于飞，下上其音⁴。
展矣君子⁵，实劳我心。

瞻彼日月⁶，悠悠我思。
道之云远⁷，曷云能来⁸？

百尔君子⁹，不知德行。
不忮不求¹⁰，何用不臧¹¹？

△ 注释

1 雄雉：长尾野公鸡，善斗。
2 泄泄：振翅飞翔的样子。
3 自诒：自己给自己。诒，遗留。伊：此，这。阻：忧愁。
4 下上其音：它的声音忽上忽下。
5 展：诚实。
6 瞻：远看。
7 云：与下文"云"均是语气助词。
8 曷：何。
9 百尔：你们所有。
10 忮：忌恨。求：贪求。
11 不臧：不善，不好。

○ **诵读提示**

本篇诗意是妻子想念自己的丈夫，希望品德优良的他不要受到别人的迫害。

□ **白话翻译**

雄的野鸡在飞，扑动着自己的羽翼。
我的怀念啊，是自己给自己留下忧愁。

雄的野鸡在飞，上下都是它的叫声。
诚实的夫君啊，实在是让我的心劳累。

看着日月在流逝，我在长久地思念。
道路这么远，什么时候你能回来？

这么多的君子们，不知道夫君的品行。
他不忌恨不贪求，为什么要对他这样不好？

邶风·匏有苦叶

匏有苦叶[1]，济有深涉[2]。
深则厉[3]，浅则揭[4]。

有瀰济盈[5]，有鷕雉鸣[6]。
济盈不濡轨[7]，雉鸣求其牡[8]。

雍雍鸣雁[9]，旭日始旦[10]。
士如归妻[11]，迨冰未泮[12]。

招招舟子[13]，人涉卬否[14]。
人涉卬否，卬须我友[15]。

△ 注释

1 匏：葫芦。苦：枯，这里指葫芦成熟后叶片老去的样子。
2 济：水名。涉：涉水。
3 厉：水边，这里指穿着衣服涉水。
4 揭：提起下裳涉水。
5 瀰：大水。济盈：充满济河。
6 鷕：雌山鸡叫声。雉鸣：野鸡打鸣。
7 濡轨：沾湿车轴。
8 牡：雄山鸡。
9 雍雍：大雁叫声。
10 旭日始旦：太阳初升天才明亮。
11 归：于归，娶。
12 迨：趁着。泮：合，指封冻。
13 招招：招唤的姿态。舟子：船夫。
14 人涉卬否：他人要渡河而我不渡。卬，代词，指"我"。
15 须：等待。

○ 诵读提示

本篇大意是一个济河边上的女子在盼望河那边的未婚夫来迎娶她。

□ 白话翻译

葫芦瓜上叶子枯，济河涉水水很深。
水深全身打湿过，水浅撩起衣服过。

大水茫茫充满济河，雌鸡叫声不断绝。
济水没有浸湿车轴，雌鸡叫着求雄鸡。

大雁纷纷在鸣叫，太阳初升天才明亮。
你若真心来娶妻，千万别等河水冻结。

船夫开始摆渡船，别人渡河我不渡。
别人渡河我不渡，我在这等我的人。

卫风·伯兮

伯兮朅(qiè)兮[1],邦之桀兮[2]。
伯也执殳(shū)[3],为王前驱[4]。

自伯之东[5],首如飞蓬[6]。
岂无膏沐[7]?谁适为容[8]!

其雨其雨,杲(gǎo)杲出日[9]。
愿言思伯[10],甘心首疾[11]。

焉得谖草[12]?言树之背[13]。
愿言思伯,使我心痗(mèi)[14]。

△ 注释

1 伯:古人以伯(孟)、仲、叔、季表示兄弟之间的排行顺序,"伯"即指兄弟中年长者,这里是女子称呼其丈夫。
2 邦:国家。桀:同"杰",杰出。
3 殳:一种古代兵器。
4 前驱:先锋。
5 之:去。
6 飞蓬:飞舞的蓬草,这里形容头发凌乱。
7 膏:洗头膏。沐:洗头。
8 谁适为容:即"为容适谁",打扮好为了取悦谁。适,取悦。
9 杲杲:明亮的样子。出日:日出。
10 愿:情愿,同下文"甘心"。
11 首疾:头痛。
12 焉:疑问词,哪里。谖草:萱草,忘忧草。
13 背:屋子背面。
14 痗:忧思成病。

○ 诵读提示

本篇诗意是女子对于丈夫的赞美,同时表达了自己思念丈夫的心情。她的丈夫由于王事去了东边之后,她无心打扮,天晴下雨都在思念丈夫。

□ 白话翻译

杰出的人才,国家的勇士,是我的丈夫。
拿着威武的兵器,他是王的前锋。

自从丈夫到东边,头发就像乱蓬草。
难道没有洗头膏?无人值得打扮好!

下雨了下雨了,一会又出了大太阳。
我心里想他啊,一直想得头疼。

哪儿能得到忘忧草?种在屋子背面。
一直想他在想他,想得害了相思病。

卫风·有狐

有狐绥绥[1]，
在彼淇梁[2]。
心之忧矣，
之子无裳。

有狐绥绥，
在彼淇厉[3]。
心之忧矣，
之子无带[4]。

有狐绥绥，
在彼淇侧[5]。
心之忧矣，
之子无服。

△ **注释**

1 绥绥：独自慢慢行走的样子。
2 淇梁：淇水的桥梁。
3 厉：指水边。
4 带：衣带，这里代指衣服。
5 侧：边。

○ **诵读提示**

本篇诗意是女子对自己爱人的关心。她看到一只孤独的狐狸行走在淇水边上，因而想到孤身在外的爱人，担心他在外没有衣服。

□ **白话翻译**

有只狐狸独自行，
在淇水的桥梁。
我的心啊很忧伤，
我的爱人没衣裳。

有只狐狸独自跑，
在淇水的水边。
我的心啊很忧烦，
我的爱人没衣带。

有只狐狸独自走，
在淇水的那头。
我的心啊很忧愁，
我的爱人没衣衫。

王风·扬之水

扬之水¹，不流束薪²。
彼其之子³，不与我戍申⁴。
怀哉怀哉，曷月予还归哉⁵？
　　　　hé

扬之水，不流束楚。
彼其之子，不与我戍甫⁶。
怀哉怀哉，曷月予还归哉？

扬之水，不流束蒲。
彼其之子，不与我戍许⁷。
怀哉怀哉，曷月予还归哉？

△ **注释**

1 扬之水：激荡奔流的水。
2 束薪：束成捆的薪柴。下文"束楚""束蒲"意思相同。
3 彼其之子：那个人。其，助词。
4 不与我戍申：不能和我戍守申城。
5 曷：何。予：我。
6 甫：甫城。
7 许：许城。

○ **诵读提示**

本篇诗意是在外戍边的男子对妻子的想念。他就像一捆捆的薪柴一样,激荡奔流的水也不能把他带回家,也不能冲淡他对妻子的感情。

□ **白话翻译**

激荡奔流的水啊,流不去捆着的柴薪。
那个人啊,不和我一起守申城。
想念她啊,什么年月我能回家?

激荡奔流的水啊,流不去捆着的柴薪。
那个人啊,不和我一起守甫城。
想念她啊,什么年月我能回家?

激荡奔流的水啊,流不去捆着的柴薪。
那个人啊,不和我一起守许城。
想念她啊,什么年月我能回家?

王风·采葛

彼采葛兮[1],
一日不见,
如三月兮。

彼采萧兮[2],
一日不见,
如三秋兮[3]。

彼采艾兮[4],
一日不见,
如三岁兮[5]。

△ 注释

1 采:采集。葛:葛藤。
2 萧:一种植物名,青蒿。
3 三秋:三个秋天,九个月。
4 艾:艾草。
5 三岁:三年。

○ **诵读提示**

本篇诗意是男子对其心爱的女子的思念。他可能在采葛藤的时节第一次见到了女子，但在采青蒿和采艾草的时节却没有再次见到，因此留下了度日如年的相思。

□ **白话翻译**

采葛藤的你啊，
一天看不见你，
好像过了三月。

采青蒿的你啊，
一天看不见你，
好像过了三秋。

采艾草的你啊，
一天看不见你，
好像过了三年。

王风·大车

大车槛槛¹,
毳（cuì）衣如菼（tǎn）²。
岂不尔思³？
畏子不敢。

大车啍啍（tūn）⁴,
毳衣如璊（mén）⁵。
岂不尔思？
畏子不奔⁶。

穀（gǔ）则异室⁷,
死则同穴。
谓予不信⁸,
有如皦（jiǎo）日⁹。

△ **注释**

1 槛槛：行车时的咔咔声。
2 毳衣：鸟兽的细毛做的毡子。菼：初生的芦苇，这里指毳衣的青白色。
3 岂不尔思：即"岂不思尔"倒装。尔，你。
4 啍啍：行车时沉重缓慢的声音。
5 璊：红色的玉。
6 奔：私奔。
7 穀：活着。异室：两个房间，引申为分隔两地。
8 谓：说。予：我。不信：不可相信。
9 皦日：白日，光洁明亮的太阳。

○ **诵读提示**

本篇大意是男女发誓相好相爱。有说法认为是指春秋时息国夫人与君王相爱之事。

□ **白话翻译**

大车发出咔咔的声音，
车毡就像初生的芦苇。
难道是不想念你吗？
是怕你不敢和我交好。

大车发出沉沉的声音，
车毡就像红色的美玉。
难道是不想念你吗？
是怕你不敢和我私奔。

活着没有在一起，
死了也要埋在同一个墓里。
你如果不相信我的话，
我可以指着太阳发誓。

郑风·东门之墠

东门之墠¹,
茹藘在阪²。
其室则迩³,
其人甚远。

东门之栗⁴,
有践家室⁵。
岂不尔思?
子不我即⁶。

△ 注释

1 东门之墠：东门外的平地。
2 茹藘：草名，茜草。阪：小山坡。
3 其室：她的家。迩：近。
4 栗：栗树。
5 践：整齐，这里指房子像栗树一样排列。
6 子不我即：即"子不即我"倒装。即：接近。

○ 诵读提示

本篇是男女相约唱和的诗歌。男子来到东门外的女子家附近，欲邀请女子相会而不得。

□ 白话翻译

平坦的土地在东门，
美丽的茜草在山坡。
她的房子好近，
她的人却好远。

东门的栗树真好，
下面有一排民居。
谁说我不想你啊？
是你不来我这里。

郑风·子衿

青青子衿[1]，
悠悠我心。
纵我不往[2]，
子宁不嗣音[3]？

青青子佩[4]，
悠悠我思。
纵我不往，
子宁不来？

挑兮达兮[5]，
在城阙兮[6]。
一日不见，
如三月兮。

△ **注释**

1 衿：即襟，衣领。
2 往：去。
3 嗣音：寄传音讯。
4 佩：佩玉的带子。
5 挑、达：独自走来走去的样子。
6 城阙：城楼。

○ **诵读提示**

本篇表达的是女子对男子的相思之情。她登上城楼遥望远方男子的居处，于是心生幽怨：我不去找你，你怎么也不来找我？

□ **白话翻译**

青青的是衣领，
悠悠的是我的内心。
就算我去不了，
难道你不能回个音？

青青的是佩带，
悠悠的是我的思绪。
就算我去不了，
难道你不能来见我？

在城楼上
轻轻地跳跃着来回走，
一天看不见你，
好像隔了三个月。

郑风·出其东门

出其东门,

有女如云。

虽则如云,

匪我思存[1]。

缟(gǎo)衣綦(qí)巾[2],

聊乐我员(yún)[3]。

出其闉闍(yīndū)[4],

有女如荼(tú)[5]。

虽则如荼,

匪我思且(jū)[6]。

缟衣茹藘(lǘ)[7],

聊可与娱[8]。

△ 注释

1 匪:非。思:想念。
2 缟衣:白色衣服。綦巾:黑色头巾。
3 聊:且。员:语助词。
4 闉闍:城门外的护城小门。
5 荼:白色茅花,这里也是形容女子众多。
6 思:思念的人。且,助词,无实意。
7 茹藘:茜草。此指茜草颜色的红巾。
8 娱:快乐。

○ **诵读提示**

本篇表达的是一个男子想与自己心上人相见的迫切心情。他从东门走出去之后，看到如花如云一样多的美人，却都不是自己想见的，因此对爱人更加思念了。

□ **白话翻译**

从东门出去，
美女如同云一样多。
云一样多的美女啊，
都不是我想念的那个人。
穿着素衣围着黑巾的姑娘，
才能使我快乐。

从闉阇出去，
美女如同白茅花一样多。
花一样多的美女啊，
都不是我想念的那个人。
穿着素衣围着红巾的姑娘，
才能使我欢欣。

秦风·小戎

小戎俴收¹，五楘梁辀²。
游环胁驱³，阴靷鋈续⁴。
文茵畅毂⁵，驾我骐馵⁶。
言念君子⁷，温其如玉⁸。
在其板屋⁹，乱我心曲¹⁰。

四牡孔阜¹¹，六辔在手¹²。
骐駵是中¹³，騧骊是骖¹⁴。
龙盾之合¹⁵，鋈以觼軜¹⁶。
言念君子，温其在邑¹⁷。
方何为期¹⁸？胡然我念之¹⁹。

俴驷孔群²⁰，厹矛鋈錞²¹。
蒙伐有苑²²，虎韔镂膺²³。
交韔二弓²⁴，竹闭绲滕²⁵。
言念君子，载寝载兴²⁶。
厌厌良人²⁷，秩秩德音²⁸。

△ 注释

1 小戎：小型兵车。俴收：车后浅浅的车厢板，即轸木。
2 楘：皮带，有加固也有美观的作用。梁辀：车辕。
3 游环：活动的环。胁驱：控制马直行的折板。
4 阴：车前横板。靷：牵引车前行的皮绳。鋈续：镀白铜的绳结。鋈，白铜；续，绳结。
5 文茵：有纹饰的坐垫。畅毂：车轮中心的长圆木，用来插车轴。畅，长。
6 骐馵：青黑色的马和蹄白的马，这里指各种颜色的马。
7 言念：想念。言，助词。
8 温其如玉：即"其温如玉"，他像玉一样温和。
9 板屋：用木板建造的房屋。
10 心曲：内心深处。
11 四牡：四匹公马。孔阜：非常雄壮。
12 六辔：六条缰绳。
13 骐駵：枣骝马。
14 騧骊：黄身黑嘴的马和纯黑色的马。骖：驾车的马。
15 龙盾：龙形花纹装饰的盾牌。合：配合。
16 觼：有舌的环。軜：内侧辔绳。这里指以辔绳穿过舌环固定骖马。
17 邑：土邑。

18 方:将。期:归期。
19 胡然:为什么这样。
20 伐驷:披薄甲的四马。孔群:非常合群,这里指动作非常协调一致。
21 厹矛鋈錞:镀了白铜的三棱长矛。
22 蒙:这里指在盾牌上刻花纹。伐:盾牌。苑:花纹。
23 虎韔:虎皮箭套。镂膺:雕刻花纹的箭袋。
24 交韔二弓:两张互相交错的弓。
25 竹闭:保护弓箭不变形的竹制工具。绲縢:绳索,这里指用绳索捆扎固定。
26 载:犹"则",助词。寝:睡。兴:起。
27 厌厌:安静的样子。
28 秩秩:有顺序的样子,这里指有规矩,有礼节。德音:美好的声誉。

○ 诵读提示

本篇大意是妻子想念远征的丈夫。

□ 白话翻译

小小的兵车,小小的车厢,
五束皮革环绕着车梁。
活动的环控着骖马入服,
牵引车前行的皮绳连接镀白铜的绳结。
有纹饰的坐垫垫上车毂,他驾着各色的马。
我想念那君子,他温和如美玉。
他居住在木板屋里,扰乱着我的心绪。

四匹雄马很结实,六根缰绳拿在手。
中间都是枣骝马,黄黑的骖马向前走。
画龙盾牌可以配合,铜环扣住内缰纽。
我想念那君子,他温和住在土邑。
何时才是归期呢?我怎么想他这么久。

披薄甲的四匹马协调一致,三棱长矛镀了白铜。
盾牌画了精美的纹饰,虎皮弓囊雕刻了花纹。
两张弓互相交错放置,绳索捆住保护弓箭。
我想念那君子,起来躺下不安宁。
那个好人真安静,有规矩有德性。

秦风·晨风

鴥彼晨风[1]，郁彼北林[2]。
未见君子，忧心钦钦[3]。
如何如何[4]？忘我实多。

山有苞栎[5]，隰有六驳[6]。
未见君子，忧心靡乐[7]。
如何如何？忘我实多。

山有苞棣[8]，隰有树檖[9]。
未见君子，忧心如醉[10]。
如何如何？忘我实多。

△注释

1 鴥：鸟飞的样子。晨风：鸟名。
2 郁：茂盛。
3 钦钦：忧愁的样子。
4 如何：奈何，为何。
5 苞栎：丛生的栎树。
6 六驳：许多梓榆树。
7 靡乐：没有快乐。
8 棣：唐棣树。
9 树檖：直立的山梨树。
10 醉：喝醉，这里指忧愁得像喝醉的状态。

○ 诵读提示

本篇大意是妻子对丈夫的想念和埋怨。

□ 白话翻译

晨风鸟在快速地飞，飞到北边茂盛的树林。
没有看见亲爱的他，心里忧愁难忘记。
为什么啊为什么？忘我忘得如此绝情。

山上有丛生的栎树，湿地有许多的榆梓。
没有看见亲爱的他，心里忧愁不快乐。
为什么啊为什么？忘我忘得如此绝情。

山上有丛生的棣树，湿地有直立的山梨。
没有看见亲爱的他，心里忧愁像醉酒。
为什么啊为什么？忘我忘得如此绝情。

陈风·防有鹊巢

防有鹊巢[1],
邛有旨苕[2]。
谁侜予美[3],
心焉忉忉[4]。

中唐有甓[5],
邛有旨鷊[6]。
谁侜予美,
心焉惕惕[7]。

△ 注释

1 防:堤岸。
2 邛:山丘。旨苕:鲜嫩的蔓草。
3 侜:欺骗,挑拨。予美:我的美人,这里指所爱之人。
4 焉:助词。忉忉:忧愁苦恼的样子。
5 中唐:即堂中,这里指庭院中的道路。甓:瓦片。
6 鷊:杂色绶草。
7 惕惕:担忧烦躁的样子。

○ 诵读提示

本篇大意是一对男女产生了一些矛盾,男子怀疑有人挑拨,于是作诗表明自己的心情。喜鹊在堤岸上筑巢,用瓦片铺庭院的道路,蔓草、绶草生长在山丘上,均是不协调的反常现象,这里是以这些不可能出现的现象象征两个人爱情的坚贞。

□ 白话翻译

堤岸上有喜鹊筑巢,
山丘上有鲜嫩的蔓草。
谁欺骗了我的美人,
我的心里很苦恼。

堂中有瓦片铺路,
山丘上有鲜嫩的绶草。
谁欺骗了我的美人,
我的心里很烦躁。

陈风·月出

月出皎兮[1],
佼人僚兮[2]。
舒窈纠兮[3],
劳心悄兮[4]。

月出皓兮[5],
佼人懰兮[6]。
舒忧受兮,
劳心慅兮[7]。

月出照兮,
佼人燎兮[8]。
舒夭绍兮,
劳心惨兮[9]。

△ 注释

1 皎:皎洁。
2 佼人:同"姣",面貌姣好的人,美人。僚:同"嫽",娇美。
3 舒:舒缓。窈纠:舒缓的样子。这里均指美人在月下徐徐缓缓的柔美动作,下文的"舒忧受兮""舒夭绍兮"两句意思相同。
4 悄:忧愁寂寥。
5 皓:明亮。
6 懰:美好。
7 慅:这里指心神不平静。
8 燎:明媚美丽。
9 惨:忧伤落寞。

○ 诵读提示

本篇是写作者对自己爱人的催促，表达了对于爱人慢性子的埋怨，体现了对爱情的急切渴望。

□ 白话翻译

月亮出来多皎洁，
月下的人儿多娇美。
你倒是从容慢慢走，
我的内心很寂寥。

月亮出来多明亮，
月下的人儿多美好。
你倒是从容慢慢行，
我的内心很苦恼。

月亮出来照大地，
月下的人儿多明媚。
你倒是从容慢慢来，
我的内心很落寞。

陈风·泽陂

彼泽之陂¹，有蒲与荷²。
有美一人，伤如之何！
寤寐无为³，涕泗滂沱⁴。

彼泽之陂，有蒲与蕳⁵。
有美一人，硕大且卷⁶。
寤寐无为，中心悁悁⁷。

彼泽之陂，有蒲菡萏⁸。
有美一人，硕大且俨⁹。
寤寐无为，辗转伏枕¹⁰。

△ 注释

1 泽之陂：池塘的水边。
2 蒲：植物名，蒲草。荷：荷花。
3 无为：没有作为。
4 涕：眼泪。泗：鼻涕。滂沱：这里形容眼泪鼻涕横流地哭。
5 蕳：莲蓬。
6 卷：头发卷曲的样子。
7 悁悁：忧郁的样子。
8 菡萏：莲花。
9 俨：端庄。
10 伏枕：伏于枕，趴在枕头上。

○ **诵读提示**

本篇诗意是一个男子对于爱人的爱恋和相思。

□ **白话翻译**

那个池塘的水边，有蒲草和荷花。
那美丽的人儿啊，为她伤心却无可奈何。
睡来睡去睡不着，鼻涕眼泪往下落。

那个池塘的水边，有蒲草和莲蓬。
那美丽的人儿啊，身材高大又卷发。
睡来睡去睡不着，心中忧郁想着她。

那个池塘的水边，有蒲草和莲花。
那美丽的人儿啊，身材高大又端庄。
睡来睡去睡不着，趴上枕头想着她。

豳风·东山

我徂东山¹，慆慆不归²。我来自东，零雨其濛³。
我东曰归，我心西悲⁴。制彼裳衣⁵，勿士行枚⁶。
蜎蜎者蠋⁷，烝在桑野⁸。敦彼独宿⁹，亦在车下¹⁰。

我徂东山，慆慆不归。我来自东，零雨其濛。
果臝之实¹¹，亦施于宇¹²。伊威在室¹³，蟏蛸在户¹⁴。
町畽鹿场¹⁵，熠耀宵行¹⁶。不可畏也，伊可怀也。

我徂东山，慆慆不归。我来自东，零雨其濛。
鹳鸣于垤¹⁷，妇叹于室。洒扫穹窒¹⁸，我征聿至¹⁹。
有敦瓜苦²⁰，烝在栗薪²¹。自我不见，于今三年。

我徂东山，慆慆不归。我来自东，零雨其濛。
仓庚于飞²²，熠耀其羽²³。之子于归，皇驳其马²⁴。
亲结其缡²⁵，九十其仪²⁶。其新孔嘉²⁷，其旧如之何？

△ 注释

1 徂：去，往。
2 慆慆：很久。
3 零雨：零星细雨。其濛：蒙蒙。
4 西悲：向西而悲，这里指因为思念西边家乡产生的悲伤。
5 制彼裳衣：制作好新衣裳，这里指脱下军装，换上平民的常服。
6 士：通"事"，从事。行：同"衔"。枚：行军时衔在口中禁声的木棍。
7 蜎蜎：虫子蠕动的样子。蠋：蝴蝶、蛾子的幼虫，像蚕。
8 烝：许多。
9 敦：蜷缩。
10 车下：睡在车下面。这两句是指在回家的路上像虫子一样长久地在野外，休息也只能是蜷缩身子躺在车下。
11 果蠃：长藤蔓的瓜，葫芦。
12 施：散布，蔓延。
13 伊威：地鳖。
14 蟏蛸：蜘蛛。
15 町畽：田舍旁的空地。鹿场：野鹿活动的场所，这里泛指野兽活动践踏的田地。
16 熠耀：闪闪发光的样子。宵行：萤火虫。
17 鹳：一种像鹤的水鸟。垤：小土堆。
18 穹窒：堵塞屋内的裂缝和鼠类刨的洞穴。
19 聿：助词，将要。
20 敦：这里指苦瓜结果的状态。
21 烝在栗薪：这里指许多瓜挂在栗子树上。
22 仓庚：黄鹂鸟。
23 熠耀：这里指黄鹂鸟的羽毛在太阳下闪闪发光的样子。
24 皇：黄色。驳：杂色。这里泛指各种颜色的马。
25 结缡：古代成婚礼仪。缡，佩巾。
26 九十其仪：这里指礼仪繁复。
27 其新孔嘉：新婚时候非常幸福。孔：非常。

○ 诵读提示

本篇描写的是出征三年的士卒回家时与爱人相会的心情。

□ 白话翻译

我出征东山，很久没有回家乡。
我从东方回来，小雨蒙蒙下降。
我听说要回乡，望着西方悲伤。
制作新的衣服，不再行军打仗。
蠕动的虫子，全都缩在桑树上。
我也一个人蜷着，睡在车下方。

我出征东山，很久没有回家乡。
我从东方回来，小雨蒙蒙下降。
葫芦结的果，散布在院墙。
地鳖在房里爬动，蜘蛛在墙上结网。
野鹿在田野来回跑，荧火虫在夜晚发亮。
这些都不可怕，家园仍然让人怀想。

我出征东山,很久没有回家乡。
我从东方回来,小雨蒙蒙下降。
鹳鸟在土堆上鸣叫,妻子在房子里叹息。
她打扫房间塞鼠洞,我很快就要走到家。
苦瓜结了很多,挂在栗子树上。
这些我三年都没有看见了。

我出征东山,很久没有回家乡。
我从东方回来,小雨蒙蒙下降。
黄鹂在飞,羽毛闪耀发光。
有个姑娘要出嫁,马儿有红有黄。
母亲给扎上佩巾,婚礼盛大繁复。
新婚真的很幸福,久别重逢不知怎么样?

小雅·采薇

采薇采薇，薇亦作止[1]。曰归曰归，岁亦莫(mù)止[2]。
靡室靡家[3]，猃狁(xiǎn yǔn)之故[4]。不遑启居[5]，猃狁之故。

采薇采薇，薇亦柔止[6]。曰归曰归，心亦忧止。
忧心烈烈[7]，载饥载渴[8]。我戍未定[9]，靡使归聘[10]。

采薇采薇，薇亦刚止。曰归曰归，岁亦阳止[11]。
王事靡盬(gǔ)[12]，不遑启处。忧心孔疚[13]，我行不来[14]。

彼尔维何[15]？维常之华[16]。彼路斯何[17]？君子之车。
戎车既驾[18]，四牡业业[19]。岂敢定居？一月三捷[20]。

驾彼四牡，四牡骙骙(kuí)[21]。君子所依[22]，小人所腓(féi)[23]。
四牡翼翼[24]，象弭(mǐ)鱼服[25]。岂不日戒[26]，猃狁孔棘(jí)[27]。

昔我往矣[28]，杨柳依依[29]。今我来思[30]，雨(yù)雪霏霏[31]。
行道迟迟[32]，载渴载饥。我心伤悲，莫知我哀。

△ 注释

1 作:冒出,这里指薇菜刚发芽出土的样子。止:句末助词。

2 莫:通"暮",这里指年底。

3 靡室靡家:没有房子没有居所。

4 狁:我国古代北方少数民族。

5 不遑:不暇,没有时间。启、居:跪、坐,这里指休息。下文"启处"意思相同。

6 柔:柔嫩。这里指薇菜相对"作"有了进一步的生长,下文"刚"又是相对"柔"更进一步生长。

7 烈烈:忧心如焚的样子。

8 载饥载渴:又饥又渴。

9 我戍未定:这里指戍守的地点时常变动。

10 靡使:没有使者传信,这里"使"作动词。归聘:家书。

11 阳:十月,小春季节。

12 靡盬:没有了结。

13 孔疚:非常苦痛。

14 我行不来:我不能回家。

15 尔:同"茶",这里指花盛开的样子。

16 常:棠棣。华:花。

17 路:同"辂",战车。

18 戎车:兵车。驾:驾车的动作。

19 四牡业业:四匹高大的雄马。业业,威武雄壮的样子。

20 三捷:这里指多次交战。

21 骙骙:雄壮威武的样子。

22 依:倚靠。

23 小人:指士兵。腓:掩护。

24 翼翼:这里指战马训练有素,动作整齐。

25 象弭:装饰有象牙的弓。鱼服:用鱼皮缝制的箭袋。这里指装备精良。

26 日戒:日日警戒。

27 孔棘:非常紧急。棘,同"急"。

28 昔:从前。往:去。这句是说从前我去从军的时候。

29 依依:杨柳随风飞舞的缠绵的样子。

30 思:助词。《诗经》中多有此类助词,无实际意义,如《周南·汉广》中也有同样用法。

31 雨雪:下雪。雨,这里用作动词。霏霏:雪花纷落的样子。

32 迟迟:缓慢的样子。

○ 诵读提示

本篇名句迭出，描写戍卒想家，当然也包括想念自己的妻子，所以也列入相思之作。

□ 白话翻译

采薇菜啊采薇菜，薇菜嫩芽刚出土。
回家吧回家吧，一年到头还在这里。
没有房子没有家，因为狁来入侵。
没有空闲休息啊，因为狁来入侵。

采薇菜啊采薇菜，薇菜嫩芽变柔软。
回家吧回家吧，我的心中依旧忧愁。
心中忧愁很强烈，身体又饥还又渴。
守边工作频繁调，无人给我捎家信。

采薇菜啊采薇菜，薇菜渐老渐变硬。
回家吧回家吧，眼看又到了十月底。
国事多得干不完，没有休息的时间。
忧愁的心很痛苦，回家愿望不能成。

那边盛开的是什么？是棠棣开的花。
那边的大车是什么？是军官的战车。
战车已经驾驶上，四匹马都很高大。
哪里敢定居下来？一月有多次大战。

驾驭着四匹公马，它们都非常雄壮。
军官靠战车指挥，兵士靠战车掩护。
四匹公马步调齐，象牙箭袋蒙鱼皮。
怎么不天天警戒，狎狁入侵非常急。

我出征的时候，杨柳纷纷摇摆。
我回家的时候，小雪细细飘洒。
回家的路途漫长，路上又渴还又饿。
我的心多么伤悲，谁知道我的哀愁。

小雅·杕杜

有杕之杜[1]，有睆其实[2]。
王事靡盬[3]，继嗣我日[4]。
日月阳止，女心伤止，征夫遑止[5]。

有杕之杜，其叶萋萋[6]。
王事靡盬，我心伤悲。
卉木萋止[7]，女心悲止，征夫归止。

陟彼北山[8]，言采其杞[9]。
王事靡盬，忧我父母。
檀车幝幝[10]，四牡痯痯[11]，征夫不远。

匪载匪来[12]，忧心孔疚[13]。
期逝不至[14]，而多为恤[15]。
卜筮偕止，会言近止[16]，征夫迩止[17]。

△ 注释

1 杕：孤零零。杜：甘棠树。
2 睆：明亮。
3 王事靡盬：详见《小雅·采薇》。
4 继嗣：继、嗣并列，意思同"继续"，这里指因继续王事花费了很长时间。
5 遑：空闲，这里指征夫空闲才能回家相见。
6 萋萋：茂盛。
7 卉木：花草和树木。
8 陟：详见《周南·卷耳》。
9 杞：枸杞。
10 檀车：檀木车子。幝幝：这里形容檀木车破烂的样子。
11 痯痯：疲惫的样子。
12 匪载匪来：不用车去载他就不回来，这里指征夫不主动归家。
13 忧心孔疚：详见《小雅·采薇》。

14 期:约定。逝:过去。这句的意思是说,约定好的日期过去了人还没有来。
15 恤:忧愁。
16 会:聚会。
17 迩:近。

○ 诵读提示

本篇描写的是妻子对出征丈夫的思念。

□ **白话翻译**

孤零零的甘棠树,结的果实亮而圆。
国家工作这么多,继续下去花时间。
日月轮转又到了十月份,
我的伤心到尽头,出征丈夫何时还?

孤零零的甘棠树,叶子长得很茂盛。
国家工作这么多,我的心里很悲伤。
草木颜色都变青,我的悲哀到尽头,
出征丈夫何时归?

艰难攀登上北山,努力采些好枸杞。
国家工作这么多,我很担心我父母。
檀木车子已破烂,四匹公马已疲惫,
出征丈夫应不远。

他和行装都没回,我的心非常忧伤。
归期过了还不回,我的心里更愁苦。
占卜算卦都显示,归期已经很接近,
出征丈夫快相见。

小雅·车辖

间关车之辖兮[1]，思娈季女逝兮[2]。
匪饥匪渴[3]，德音来括[4]。
虽无好友[5]，式燕且喜[6]。

依彼平林[7]，有集维鷮[8]。
辰彼硕女[9]，令德来教[10]。
式燕且誉[11]，好尔无射[12]。

虽无旨酒[13]，式饮庶几[14]。
虽无嘉肴[15]，式食庶几。
虽无德与女[16]，式歌且舞。

陟彼高冈[17]，析其柞薪[18]。
析其柞薪，其叶湑兮[19]。
鲜我觏尔[20]，我心写兮[21]。

高山仰止，景行行止[22]。
四牡騑騑[23]，六辔如琴[24]。
觏尔新昏，以慰我心。

△ 注释

1 间关：行车发出的声音。辖：同"舝"，古代车辆的构成部件。
2 娈：娇美可爱。季女：小女儿。逝：往，这里指嫁到。
3 匪饥匪渴：这里指男子结婚的喜悦使得他忘记了饥饿口渴。
4 德音：喜讯。括：通"佸"，相聚。
5 虽：即便。
6 式：助词。燕：通"宴"，宴饮。据下文的"有集维鷮"、歌舞、宴饮等描述，这里无人来庆贺应是反语：无人来庆贺已经很开心了，何况有人庆贺且歌舞作乐？
7 依：这里指树木随风而动的样子，《小雅·采薇》中有"杨柳依依"。平林：平地上的树林。
8 鷮：一种美丽野鸡的名字。这里比喻参加婚宴的贵人。
9 辰：同"珍"，稀少的美。
10 令德：美德。教：教化。
11 誉：赞誉，这里指新娘的美德受到宴会众人的夸奖。

12 无射：无尽。
13 旨酒：美酒。
14 庶几：或许可以。
15 嘉肴：美食。
16 德：恩惠。女：同"汝"，你。
17 陟彼高冈：详见《周南·卷耳》。
18 析：砍。柞薪：柞木薪柴。
19 湑：茂盛。
20 鲜：很少。觏尔：遇见你。
21 写：同"泻"，这里指快乐宣泄。
22 仰止：仰望。景行：即"影行"，一起走在大路上。
23 骓骓：马并排前进的样子。
24 六辔如琴：这里指因为马并排前进，马的六根缰绳像琴弦一样整齐绷直。

○ **诵读提示**

本篇描写的是男子迎接新娘途中的欣喜之情。

□ **白话翻译**

大车车轮吱嘎响，娇美少女就要来。
不知饥饿不知渴，喜讯马上就来到。
即使没有好友贺，宴会也会很高兴。

平地茂密树林里，一群鸦鸟在聚集。
高挑善良美女郎，受到过美德教化。
大家宴会来赞誉，喜欢你没有止境。

虽然没有甜美酒，希望你能喝得好。
虽然没有丰盛宴，希望你能吃得好。
虽然无恩惠给你，希望你唱歌跳舞。

到了高高的山岗，砍下柞树作薪柴。
砍下柞树作薪柴，它的叶子多茂盛。
虽和你交往不多，可今天非常高兴。

我们仰望着高山，顺着大道走向前。
四匹公马并排进，六根缰绳像琴弦。
与你结交到新婚，终于安慰我的心。

小雅·都人士

彼都人士¹,狐裘黄黄²。
其容不改³,出言有章⁴。
行归于周,万民所望。

彼都人士,台笠缁撮⁵。
彼君子女,绸直如发⁶。
我不见兮,我心不说⁷。

彼都人士,充耳琇实⁸。
彼君子女,谓之尹吉⁹。
我不见兮,我心苑结¹⁰。

彼都人士,垂带而厉¹¹。
彼君子女,卷发如虿¹²。
我不见兮,言从之迈¹³。

匪伊垂之,带则有余¹⁴。
匪伊卷之,发则有旟¹⁵。
我不见兮,云何盱矣¹⁶。

△ 注释

1 都人士:京都人士,贵族。
2 黄黄:这里指狐裘的颜色鲜艳高贵。
3 容:容貌风度。
4 章:文采,即出口成章。
5 台笠缁撮:苔草编成的帽子。台,通"苔",莎草。缁撮:黑布制成的束发小帽。
6 绸直如发:即"发如直绸",头发直溜光滑如绸缎。
7 说:同"悦",高兴。
8 充耳:耳饰。琇:一种玉石。实:这里指琇的晶莹可爱。
9 尹吉:名字,这里指叫尹吉的姑娘。
10 苑结:同"郁结",心中忧郁的样子。
11 垂带:下垂的衣带。厉:通"裂",即衣带下垂飞扬的样子。
12 卷发:蜷曲的头发。虿:蝎子,蝎子尾巴上翘,这里形容头发向上卷翘。
13 言:助词。从之:跟着她。迈:追赶。
14 匪伊垂之,带则有余:不是他故意让衣带下垂,是衣带本身就很长。匪,同"非",不是。伊,代词,他,那个人。余,多余的部分,这里指长。这句指的是人物风采天然,不矫揉造作,下一句的意思相同。
15 旟:头发上翘的样子。
16 盱:同"吁",感叹忧伤。

○ **诵读提示**

本篇描写的是对意中人的思念之情。其他注家多认为首章与其他四章不同，笔者认为五章是一致的。写法上男女交错对比，新颖深刻。

□ **白话翻译**

那王都来的人士，狐皮大衣颜色黄。
他容颜没有改变，说话出口就成章。
他回到周王城里，万民都把他盼望。

那王都来的人士，草帽有黑色布冠。
那王族家的女子，头发直溜如绸缎。
我见不到他们啊，心里非常不快乐。

那王都来的人士，漂亮耳朵戴玉饰。
那王族家的女子，名字叫作尹吉。
我见不到他们啊，心里非常忧郁。

那王都来的人士，飘带垂下有风度。
那王族家的女子，头发卷起往上翘。
我见不到他们啊，想要把他们追寻。

飘带不是故意垂，而是本身就很长。
头发不是故意卷，而是本来就飘扬。
我见不到他们啊，心中感叹又忧伤。

小雅·采绿

终朝采绿[1],
不盈一匊(jū)[2]。
予发曲局[3],
薄言归沐[4]。

终朝采蓝[5],
不盈一襜(chān)[6]。
五日为期,
六日不詹[7]。

之子于狩[8],
言韔(chàng)其弓[9]。
之子于钓,
言纶之绳[10]。

其钓维何?
维鲂(fáng)及鱮(xù)[11]。
维鲂及鱮,
薄言观者[12]。

△ 注释

1 终朝:整个白天,这里指一整天。绿:通"菉",荩草。
2 盈:满。匊:同"掬",一捧。
3 予发:我的头发。曲局:弯曲。
4 薄:急忙。归沐:回家洗发。
5 蓝:兰草。
6 襜:过膝围裙。
7 詹:到。
8 狩:狩猎。
9 韔:弓袋,这里指装弓入袋。这里是名词活用为动词,与下文的"纶"字用法相同。
10 纶:鱼线,这里指整理鱼线。
11 鲂、鱮:两种鱼的名字。
12 观:观看。

○ **诵读提示**

本篇大意是女子在辛苦地采苨草,期望与心爱的男子一起工作。

□ **白话翻译**

一早上都在采苨草,
还没采满一捧。
我的头发卷曲,
要回家去洗干净。

一早上都在采兰草,
还没采满一襟。
五天为采满的日期,
可六天还没采满。

这个人要去打猎,
我为他装弓。
这个人要去钓鱼,
我为他理线。

他要去钓什么鱼呢?
是鲂鱼和鲟鱼。
是鲂鱼和鲟鱼吗?
我也要去观看。

第三章

求爱 —— 二十一首

求爱是爱情成功的关键因素,因此恋人们通常通过求爱表达对爱情的渴求。《诗经》中有大量对求爱方式、过程和结果的描写,值得借鉴。求爱专题的篇章主要出现在《国风》中,《小雅》中也有部分。

周南·关雎

关关雎鸠¹，在河之洲。
窈窕淑女²，君子好逑³。

参差荇菜⁴，左右流之⁵。
窈窕淑女，寤寐求之⁶。

求之不得，寤寐思服⁷。
悠哉悠哉，辗转反侧⁸。

参差荇菜，左右采之。
窈窕淑女，琴瑟友之⁹。

参差荇菜，左右芼之。
窈窕淑女，钟鼓乐之¹⁰。

△ 注释

1 关关：这里指水鸟的叫声，或为"呱呱"。雎鸠：一种水鸟名。
2 窈窕淑女：身材美好、德行善良的女子。
3 好逑：好配偶。
4 参差：高低不齐。荇菜：水草。
5 流：采摘，下文"采""芼"意思相同。
6 寤寐：醒和睡，这里指白天黑夜都一直思念爱人。
7 思服：思念。服，助词。
8 辗转反侧：翻来覆去。
9 友：这里用作动词，与之友。
10 乐：这里用作动词，使之乐。

○ **诵读提示**

本篇描写的是男子对心爱女子的追求过程。

□ **白话翻译**

呱呱叫的雎鸠鸟，聚集在河中小洲。
身材窈窕的淑女，与君子多么般配。

高高低低的荇菜，左右两边顺着采。
身材窈窕的淑女，白天黑夜都想你。

追求你没有同意，白天黑夜想着你。
追求也未追求到，翻来覆去不睡觉。

高高低低的荇菜，左右两边用力采。
身材窈窕的淑女，弹琴鼓瑟交好你。

高高低低的荇菜，左右两边大把采。
身材窈窕的淑女，鸣钟击鼓使你乐。

周南·桃夭

桃之夭夭[1],
灼灼其华[2]。
之子于归[3],
宜其室家[4]。

桃之夭夭,
有蕡(fén)其实[5]。
之子于归,
宜其家室。

桃之夭夭,
其叶蓁(zhēn)蓁[6]。
之子于归,
宜其家人。

△ **注释**

1 夭夭：花朵鲜艳的样子。
2 灼灼其华：即"其华灼灼"，它的花朵像火一样燃烧闪耀。
3 之子于归：这句诗在《诗经》中多次出现，一般是指女子有了归宿，成婚出嫁。
4 宜：舒适，这里用作动词。
5 蕡：果实硕大的样子。
6 蓁蓁：茂盛。

○ **诵读提示**

本篇描写的是一个男子对其心爱女子的追求言辞。

□ **白话翻译**

桃花开得真鲜艳，
花瓣最美。
你嫁给我，
就有了最舒适的家。

桃花开得真鲜艳，
结果最大。
你嫁给我，
就有了最适合的房。

桃花开得真鲜艳，
桃叶最多。
你嫁给我，
就有了最爱你的人。

召南·摽有梅

摽有梅[1],
其实七兮。
求我庶士[2],
迨其吉兮[3]。

摽有梅,
其实三兮。
求我庶士,
迨其今兮。

摽有梅,
顷筐墍之[4]。
求我庶士,
迨其谓之[5]。

△ **注释**

1 摽：落下。
2 求我庶士：追求我的有贤德的人。
3 迨：等到，趁着。吉：良辰吉日。
4 顷筐：斜口浅筐，详见《周南·卷耳》。墍：装。
5 谓：约定。

○ **诵读提示**

本篇描写的是青春女郎急切的求偶心情。全诗以树上留存的梅子数量变化来比喻时光流逝，随着青春不再，女子心情愈发急切。

□ **白话翻译**

掉落了梅子，
树上还有七个。
追求我的贤良啊，
等待良辰吉日。

掉落了梅子，
树上还有三个。
追求我的贤良啊，
趁着今天来吧。

掉落了梅子，
可以用筐来装。
追求我的贤良啊，
说好就可以。

鄘风·柏舟

泛彼柏舟[1],
在彼中河[2]。
髧彼两髦[3],(dàn)
实为我仪[4],
之死矢靡它[5]。
母也天只[6],
不谅人只!

泛彼柏舟,
在彼河侧[7]。
髧彼两髦,
实为我特[8],
之死矢靡慝[9]。(tè)
母也天只,
不谅人只!

△ **注释**

1 柏舟:柏木做的船只。
2 中河:河中。
3 髧:鬓发下垂的样子。
4 仪:心仪,喜欢。
5 之死:到死。矢,通"誓",誓言,这里用作动词。 靡它:没有其他。
6 只:叹词,哉。
7 侧:边上。
8 特:配偶,格外喜欢的人。
9 慝:改变。

○ 诵读提示

本篇描写的是适龄女子对自由婚姻和忠贞爱情的追求。

□ 白话翻译

他乘着漂流的柏木舟啊,
在河的中间。
他两边的鬓角下垂,
的确是我心仪的人,
我宁死也不找别人。
妈妈啊老天啊,
你们怎么不体谅我呢!

他乘着漂流的柏木舟啊,
在河的边上。
他两边的鬓角下垂,
的确是我喜欢的人,
我宁死也不改变。
妈妈啊老天啊,
你们怎么不体谅我呢!

鄘风·蝃蝀

蝃蝀(dì dōng)在东[1],
莫之敢指[2]。
女子有行[3],
远父母兄弟。

朝𬯎(jī)于西[4],
崇朝其雨[5]。
女子有行,
远兄弟父母。

乃如之人也[6],
怀昏姻也[7]。
大无信也[8],
不知命也。

△ 注释

1 蝃蝀:彩虹。
2 莫之敢指:即"莫敢指之",不敢用手指它。
3 行:这里指出走私奔。
4 朝𬯎:上午的彩虹。
5 崇朝:终朝,从早到晚,一整天。
6 乃如之人:像这样的人。
7 昏姻:古人婚礼在黄昏时分,所以称为昏姻,即婚姻。
8 信:这里用作动词,守信。

○ **诵读提示**

本篇描写女子私奔时的心情,以及她对未来命运的踌躇心理。

□ **白话翻译**

彩虹出在东边,
谁都不敢指它。
女子出走了,
离父母兄弟很远。

彩虹出在西边,
整天都在下雨。
女子出走了,
离兄弟父母很远。

就是这个人了,
心里想着婚姻。
大事没有信用,
不知是不是命。

鄘风·干旄

孑孑干旄¹，在浚之郊²。
素丝纰之³，良马四之。
彼姝者子⁴，何以畀之⁵？

孑孑干旟⁶，在浚之都。
素丝组之，良马五之。
彼姝者子，何以予之⁷？

孑孑干旌⁸，在浚之城。
素丝祝之，良马六之。
彼姝者子，何以告之？

△ **注释**

1 孑孑：旗帜飘动的样子。干旄：有牦牛尾饰的旗杆。
2 浚：地名，浚城，今在河南。
3 素丝纰之：即纰素丝，把白丝线穿起来。纰，穿丝线的方法。下文"组""祝"意思相同。
4 姝：漂亮。这句的意思是说，那个美丽的人是你。
5 畀：赠送，聘娶。
6 旟：这里指画着鹰隼的旗帜。
7 予：给予，赠送。
8 旌：这里指装饰有鸟羽的旗帜。

○ **诵读提示**

本篇描写的是一个男子追求心爱的人,他在考虑送什么样的礼物取悦女子。

□ **白话翻译**

长长飘动的旗帜,在浚城的郊外。
白净的丝串上吧,良马有四匹。
这么漂亮的人啊,什么东西能与你相配?

长长飘动的旗帜,在浚城的城墙。
白净的丝穿上吧,良马有五匹。
这么漂亮的人啊,什么宝物才能献给你?

长长飘动的旗帜,在浚城的城内。
白净的丝配上吧,良马有六匹。
这么漂亮的人啊,什么消息才能告诉你?

卫风·木瓜

投我以木瓜[1],
报之以琼琚[2]。
匪报也[3],
永以为好也!

投我以木桃[4],
报之以琼瑶。
匪报也,
永以为好也!

投我以木李,
报之以琼玖。
匪报也,
永以为好也!

△ 注释

1 投:投赠,赠送。
2 琼琚:美玉。下文"琼瑶""琼玖"也都是美玉。
3 匪:非,不是。
4 木桃:水果名。下文"木李"也是水果名。

○ 诵读提示

本篇是男女追求有果之后的定情之诗，笔者认为更像女子口吻。

□ 白话翻译

你送给我木瓜，
我送给你玉琚。
不是同等回送啊，
是永远相好的心意！

你送给我木桃，
我送给你玉瑶。
不是同等回送啊，
是永远相好的心意！

你送给我木李，
我送给你玉玖。
不是同等回送啊，
是永远相好的心意！

王风·君子阳阳

君子阳阳[1],
左执簧[2]。
右招我由房[3],
其乐只且[4]!

君子陶陶[5],
左执翿(dào)[6]。
右招我由敖[7],
其乐只且!

△ **注释**

1 阳阳:得意洋洋的样子。
2 簧:一种乐器,簧板。
3 由房:游房,在室内游戏。
4 乐只:乐哉。详见《周南·樛木》。
5 陶陶:这里指陶醉于舞乐之中的样子。
6 翿:羽扇。
7 由敖:即遨游。

○ **诵读提示**

本篇一般认为描写的是乐工舞乐求偶，也有说法认为描写的是戍边丈夫回来同妻子歌舞的情景。

□ **白话翻译**

夫君得意洋洋，
左手拿着簧板。
右手招我进房，
其中好多欢乐！

夫君乐趣陶陶，
左手摇着羽扇。
右手招我遨游，
其中好多欢乐！

王风·丘中有麻

丘中有麻,
彼留子嗟[1]。
彼留子嗟,
将(qiāng)其来施[2]。

丘中有麦,
彼留子国。
彼留子国,
将其来食[3]。

丘中有李,
彼留之子。
彼留之子,
贻我佩玖[4]。

△ **注释**

1 子嗟:人名。这里指女子思念的人。下文"子国"意思相同。
2 将:请。施:施予帮助。
3 食:吃饭。
4 贻:赠送。佩玖:佩戴的美玉。

○ **诵读提示**

本篇描写的是女子对男子的约会邀请。她家田地里的麻和麦子留着让爱人来帮忙收割，以借此相会。

□ **白话翻译**

田丘中有麻，
那是留给子嗟的。
留给了子嗟，
那就请他来帮忙。

田丘中有麦，
那是留给子国的。
留给了子国，
那就请他来吃饭。

田丘中有李树，
是留给那个人的。
留给的那个人，
送我佩戴的玉玖。

郑风·将仲子

将(qiāng)仲子兮[1],无逾我里[2],无折我树杞[3]。
岂敢爱之[4]?畏我父母。
仲可怀也,父母之言,亦可畏也。

将仲子兮,无逾我墙,无折我树桑。
岂敢爱之?畏我诸兄。
仲可怀也,诸兄之言,亦可畏也。

将仲子兮,无逾我园,无折我树檀。
岂敢爱之?畏人之多言。
仲可怀也,人之多言,亦可畏也。

△ 注释

1 将:请。仲子:人名,作者心爱的人,这里也指排行第二的男子。详见《郑风·叔于田》。
2 逾:翻越。里:这里指邻里之间的外墙。
3 树杞:栽种的杞树。树,这里用作动词,栽种。下文"树桑""树檀"意思相近。
4 爱:爱惜。

○ **诵读提示**

本篇描写的是一个少女担心与追求她的少年莽撞相会会引起她父母、兄长和众人的不快。

□ **白话翻译**

请仲子你啊,不要跑到我家邻里来,
不要折断我家的杞树。
难道我是爱惜树吗?是怕我的父母啊。
真怀念你啊,但是父母的言辞,也很害怕啊。

请仲子你啊,不要跑到我家院墙里来,
不要折断我家的桑树。
难道我是爱惜树吗?是怕我的兄长啊。
真怀念你啊,但是兄长的言辞,也很害怕啊。

请仲子你啊,不要跑到我家花园里来,
不要折断我家的檀树。
难道我是爱惜树吗?是怕众人的说法啊。
真怀念你啊,但是众人的议论,也很害怕啊。

郑风·遵大路

遵大路兮[1],
掺(shǎn)执子之祛(qū)兮[2]。
无我恶兮[3],
不寁(zǎn)故也[4]!

遵大路兮,
掺执子之手兮。
无我魗(chǒu)兮[5],
不寁好也!

△ 注释

1 遵:沿着。《周南·汝坟》中有相同用法。
2 掺:牵着,这里指抓住的动作。祛:袖子。
3 无我恶:即"无恶我",不要讨厌我。无,勿。
4 寁:离开,一说迅速。故:故旧,老朋友。
5 魗:同"丑",这里用作动词,认为我丑。

○ **诵读提示**

本篇描写一个女子请求情人不要离开她,并试图和情人一起走。有观点认为这是弃妇诗。而笔者认为,女子还在请求,所以两人还有和好的可能。

□ **白话翻译**

沿着大路走,
牵着你的袖。
不要讨厌我,
不要离开老朋友。

沿着大路走,
牵着你的手。
不要嫌我丑,
不要离开老相好。

郑风·山有扶苏

山有扶苏[1],
隰有荷华[2]。
不见子都[3],
乃见狂且[4]。

山有乔松[5],
隰有游龙[6]。
不见子充,
乃见狡童[7]。

△ 注释

1 扶苏:树木名。
2 隰有荷华:详见《邶风·简兮》"隰有苓"一句。
3 子都:人名,下文"子充"也是人名。
4 狂:这里形容词用作名词,轻狂、痴狂的人。
5 乔松:高大的松树。
6 游龙:一种像游龙的水草。
7 狡:这里指男子为取悦女子而调皮搞怪、机灵狡黠的样子,是爱昵的称呼。

○ **诵读提示**

本篇多戏谑调笑，但戏谑调笑也是示爱的一种方法。

□ **白话翻译**

山上有扶苏，
湿地里有荷花。
看不见子都，
看见了轻狂的小伙。

山上有高大的松，
湿地有游动的水草。
看不见子充，
看见了狡黠的小伙。

郑风·萚兮

萚兮萚兮[1],
风其吹女[2]。
叔兮伯兮,
倡予和女[3]。

萚兮萚兮,
风其漂女[4]。
叔兮伯兮,
倡予要女[5]。

△ 注释

1 萚：吹落的树叶。
2 女：同"汝"，你，这里指落叶。
3 倡：同"唱"。和：唱和，回应歌声。女：汝，你们。
4 漂：同"飘"，这里指树叶在空中飘动摇摆。
5 要：同"邀"，邀请。

○ **诵读提示**

本篇描写的是女子们邀请男子们一起唱歌以表示情谊,显示了上古集体时代的风俗。称呼"叔""伯",详见《郑风·叔于田》。

□ **白话翻译**

落叶啊落叶,
风在吹着你。
叔叔伯伯们啊,
我们来唱,
你们来配合我们。

落叶啊落叶,
风在摇着你。
叔叔伯伯们啊,
我们来唱,
我们在邀请你们。

郑风·狡童

彼狡童兮[1],
不与我言兮。
维子之故,
使我不能餐兮。

彼狡童兮,
不与我食兮。
维子之故,
使我不能息兮。

△ 注释

1 狡童:详见《郑风·山有扶苏》。

○ **诵读提示**

本篇诗意是一个女子责怪恋人不与她一起聊天起居,使她寝食难安。

□ **白话翻译**

你这个坏小子,
不和我一起聊天。
因为你的原因,
使我不想就餐。

你这个坏小子,
不和我一起吃饭。
因为你的原因,
使我不能休息。

郑风·褰裳

子惠思我[1],
褰裳涉溱(qiāncháng zhēn)[2]。
子不我思[3],
岂无他人?
狂童之狂也且(jū)[4]!

子惠思我,
褰裳涉洧(wěi)[5]。
子不我思,
岂无他士?
狂童之狂也且!

△ 注释

1 惠:恩惠,这里用作动词,指予以爱意。
2 褰裳:古人上衣下裳,这里指提起下裳。涉溱:涉水渡过溱河。
3 子不我思:即"子不思我",你不思念我。
4 狂童:这里指为爱痴傻的人。也且:助词。
5 洧:河流名。

○ **诵读提示**

本篇描写热恋中的女子对情人的调侃,她故意说反话来引起情人的关注,好让情人涉水来探望她。

□ **白话翻译**

你对我好想着我,
就撩起衣服过溱河。
你不思念我,
难道没有别人思念我吗?
痴傻的小伙子真傻啊!

你对我好想着我,
就撩起衣服过洧河。
你不思念我,
难道没有别人思念我吗?
痴傻的小伙子真傻啊!

齐风·载驱

载驱薄薄[1],
簟茀朱鞹[2]。
鲁道有荡[3],
齐子发夕[4]。

四骊济济[5],
垂辔沵沵[6]。
鲁道有荡,
齐子岂弟[7]。

汶水汤汤[8],
行人彭彭[9]。
鲁道有荡,
齐子翱翔[10]。

汶水滔滔,
行人儦儦[11]。
鲁道有荡,
齐子游敖[12]。

△ 注释

1 载:这里指车。驱:跑。薄薄:这里指马车跑起来的样子。
2 簟:竹席。茀:本意是遮蔽,这里指车帘。朱鞹:红色车身。
3 鲁道有荡:鲁国大路很平坦。荡,平。
4 齐子:齐国的美女,指文姜,《诗经》中多以"子"来指女性。发夕:发于夕,晚上出发。夕,与朝相对,夜晚。
5 四骊:四匹黑马。济济:这里指马训练有素,动作整齐,马车不会颠簸。
6 垂辔:下垂的缰绳。沵沵:柔软的样子,一说辔垂貌。
7 岂弟:同"恺悌",顺心快乐。
8 汶水:水名。汤汤:水流动的样子,下文"滔滔"意思相同。
9 彭彭:行人匆忙来往的样子。
10 翱翔:本指鸟飞的样子,这里形容悠闲自在。
11 儦儦:行人众多拥挤的样子。
12 游敖:即遨游。

○ **诵读提示**

有人认为本篇描写的是文姜要求齐襄公专心爱她才同意嫁入齐国的事。

□ **白话翻译**

载人的车跑得快,
红色的车有竹席和车帘。
鲁国大路很平坦,
齐国美女晚上开始出行。

四匹黑马很强壮,
垂下的缰绳非常柔软。
鲁国大路很平坦,
齐国美女很开心快乐。

汶河波涛很汹涌,
行人走得很匆忙。
鲁国大路很平坦,
齐国美女在游荡。

汶河滔滔不断流,
行人拥挤走前头。
鲁国大路很平坦,
齐国美女在遨游。

唐风·羔裘

羔裘豹祛^1,
自我人居居^2。
岂无他人?
维子之故^3。

羔裘豹褎^4,
自我人究究^5。
岂无他人?
维子之好。

△ **注释**

1 羔裘:羊皮制作的衣裘。豹祛:豹皮制作的袖子。
2 自:在。我人:我自己这个人。居:同"倨",倨傲无礼。
3 故:旧情。
4 褎:同"袖",袖口。
5 究究:犹"赳赳",不可一世的样子。

○ **诵读提示**

本篇描写的是一个女子的爱人穿了名贵衣服之后的倨傲态度,寄托了女子的埋怨之情。

□ **白话翻译**

羊羔衣裘豹皮袖子,
在我面前你穿得多傲慢。
难道我没有其他人吗?
因为只与你有旧情。

羊羔衣裘豹皮袖口,
在我面前你穿得多显摆。
难道我没有他人吗?
因为只与你相爱。

唐风·有杕之杜

有杕之杜[1],
生于道左。
彼君子兮,
噬肯适我[2]?
中心好之[3],
曷饮食之[4]?

有杕之杜,
生于道周[5]。
彼君子兮,
噬肯来游?
中心好之,
曷饮食之?

△ 注释

1 有杕之杜:详见《小雅·杕杜》。
2 噬:助词。适:取悦。
3 中心好之:心中对你好,这里指想念。
4 曷:同"何",表示疑问。
5 道周:环状弯曲的道路。

○ **诵读提示**

本篇描写的是一个女子对于男子的爱慕和追求。

□ **白话翻译**

孤零零的甘棠树,
生在大路的左边。
你这个君子啊,
能不能来找我让我快乐?
我心里想对你好啊,
你能来吃饭吗?

孤零零的甘棠树,
生在路的周边。
你这个君子啊,
能不能来找我和我游玩?
我心里想对你好啊,
你能来吃饭吗?

陈风·株林

胡为乎株林[1]?
从夏南[2]。
匪适株林[3],
从夏南。

驾我乘(shèng)马[4],
说于株野[5]。
乘我乘驹,
朝食于株。

△ **注释**

1 胡为乎:为什么。株林:与下文"株野"同为株邑的地名。
2 从:接近,靠近。
3 匪:不是。适:取乐。
4 乘马:这里指一辆马车,下文"乘驹"意思相同。
5 说:停车休息。详见《卫风·硕人》。

○ **诵读提示**

本诗反映了追求美人和爱情的急切心情。有说法认为是陈灵公追求夏姬的诗。夏姬,郑穆公女,陈大夫妻,与陈灵公君臣多人相好。但是笔者认为,从诗表面来解读并没有这一层意思,所以收入求爱篇。

□ **白话翻译**

为什么要去株林啊?
去找夏南。
不是为了去株林取乐,
是为了找夏南。

驾着我的马,
停车在株野休息。
乘着我的车,
到株林吃早饭。

桧风·隰有苌楚

隰有苌楚[1]，
猗傩其枝[2]。
夭之沃沃[3]，
乐子之无知[4]。

隰有苌楚，
猗傩其华[5]。
夭之沃沃，
乐子之无家[6]。

隰有苌楚，
猗傩其实[7]。
夭之沃沃，
乐子之无室[8]。

△ **注释**

1 隰：水边低湿的地方。苌楚：植物名，疑为猕猴桃。
2 猗傩：同"婀娜"，这里指苌楚生长的柔美状态。
3 夭：茂盛。沃沃：润泽的样子，这里比喻姑娘青春靓丽。
4 无知：这里指不知道什么是爱情。
5 华：同"花"。
6 无家：这里指没有成家。
7 实：果实。
8 无室：这里指没有嫁人。

○ **诵读提示**

有人认为此诗是悲观厌世诗。笔者的观点正好相反,认为全篇表达了异常欣喜的心情。作者遇到了一个心仪的、青春靓丽的女子,年龄不大,还不太懂事,当然也没有成家,于是作者有了求爱求婚的机会,写诗歌颂她的青春靓丽,庆幸她无家无室。

□ **白话翻译**

湿地里长了苌楚,
伸着长长的枝条。
她长得真靓丽啊,
很高兴她还不懂爱情。

湿地里长了苌楚,
开着柔美的花朵。
她长得真靓丽啊,
很高兴她还没有成家。

湿地里长了苌楚,
结着甜蜜的果实。
她长得真靓丽啊,
很高兴她还没有嫁人。

豳风·伐柯

伐柯如何[1]?
匪斧不克[2]。
取妻如何[3]?
匪媒不得[4]。

伐柯伐柯,
其则不远[5]。
我觏（gòu）之子[6],
笾（biān）豆有践[7]。

△ 注释

1 伐:砍伐。柯:枝条,柴薪。如何:怎么样,凭借什么。
2 匪:同"非"。克:能。
3 取:同"娶"。
4 媒:媒人做媒。
5 不远:近,很快。
6 觏:看见,这里指夫妻双方见面。
7 笾:竹制的容器,竹筐。有践:这里指一筐筐豆子摆放整齐的样子。

○ **诵读提示**

本篇是一首男子向女子求婚的诗。

□ **白话翻译**

凭借什么砍树枝呢？
没有斧头砍不下。
凭借什么娶妻子呢？
没有媒人娶不来。

砍树枝啊砍树枝，
很快就砍下来了。
和我结婚的人啊，
一起摆放豆子吧。

第四章

欢会 —— 二十三首

《诗经》中多个篇章描写了恋人或夫妻准备相会及相会后的活动：有正在等待约会的，有相见赠送礼物的，有一起出去游玩的，有描写兴奋情绪的，有描写丈夫要去上班手忙脚乱的。从这些不但可以了解欣赏到古人的爱情生活，而且可以从中得到启发借鉴。

召南·鹊巢

维鹊有巢[1],
维鸠居之[2]。
之子于归[3],
百两御之[4]。

维鹊有巢,
维鸠方之[5]。
之子于归,
百两将(qiāng)之[6]。

维鹊有巢,
维鸠盈之[7]。
之子于归,
百两成之[8]。

△ 注释

1 维:助词,无实际意义。鹊:喜鹊,这里是男子自比。有巢:有窝,引申为有房子。
2 鸠:鸠鸟,这里喻指新娘。
3 之子于归:详见《周南·桃夭》。
4 百两:即"百辆",这里指许多辆车。御:迎接。
5 方:同"放",这里指居住。
6 将:保卫。
7 盈:充满。
8 成:成婚。

○ **诵读提示**

本篇是男子新婚的迎亲辞。"鹊"为男子自称,"鸠"则指新婚女子。这里"巢"指的是男子的家,他打算以盛大的阵容迎娶女子。

□ **白话翻译**

喜鹊的这个家啊,
是鸠鸟该住的地方。
姑娘要是嫁给我,
百辆车去迎接她。

喜鹊的这个家啊,
是鸠鸟该住的地方。
姑娘要是嫁给我,
百辆车去保卫她。

喜鹊的这个家啊,
有了鸠鸟才圆满。
姑娘要是嫁给我,
百辆车去与她成婚。

召南·野有死麕

野有死麕(jūn)[1],
白茅包之[2]。
有女怀春[3],
吉士诱之[4]。

林有朴樕(pò sù)[5],
野有死鹿。
白茅纯束[6],
有女如玉。

舒而脱脱兮[7],
无感我帨(shuì)兮[8],
无使尨(máng)也吠[9]。

△ 注释

1 麕:一种鹿的名字。
2 包之:遮住它,指鹿。这里暗指欢会的场所有白茅遮掩,不易被人发现。
3 怀春:这里指憧憬爱情。
4 吉士:貌美的男子。诱:追求,挑逗。
5 朴樕:朴、樕都是植物名称,这里泛指低矮的灌木。
6 纯束:捆扎。
7 舒:慢慢地。脱脱:这里指脱衣服的动作。
8 感:通"撼",摇动。帨:围裙。
9 尨:狗。

○ **诵读提示**

本篇描写的是一个小伙子和一个姑娘欢聚的场面,小伙子可能是个猎人。

□ **白话翻译**

野地里有头死鹿,
已经用白茅草包好。
有个姑娘憧憬爱情,
貌美的男子在追求她。

林子里有丛生的灌木,
野地里有头死鹿。
白茅草把它整齐捆好,
送给玉那样纯洁的姑娘。

舒缓地脱下衣服,
不要弄乱我的裙子,
不要让狗儿叫起来。

邶风·北风

北风其凉[1],
雨雪其雱(yù páng)[2]。
惠而好我[3],
携手同行(háng)[4]。
其虚其邪[5]?
既亟只且[6]。

北风其喈(jiē)[7],
雨雪其霏[8]。
惠而好我,
携手同归。
其虚其邪?
既亟只且。

莫赤匪狐[9],
莫黑匪乌[10]。
惠而好我,
携手同车。
其虚其邪?
既亟只且。

△ **注释**

1 其:助词。
2 雨雪:下雪。雨,这里作动词,详见《小雅·采薇》。雱:指雪下得很大的样子。
3 惠、好:这里都是动词,与人友好。
4 行:道路。
5 其虚:即"岂徐",怎么能慢。其邪:即"岂斜",怎么能斜,绕路。
6 亟:同"急"。只:同"哉"。
7 喈:鸡叫声,这里指北风嘶吼。
8 雨雪其霏:意思同"雨雪霏霏",详见《小雅·采薇》。
9 莫赤匪狐:没有不是红色的狐狸。
10 莫黑匪乌:没有不是黑色的乌鸦。这里的狐狸、乌鸦都只是起兴作用,深层意思是没有所谓的不祥之物。

○ 诵读提示

本篇描写的是一对男女在风雪中相携出行或回家的心境。

□ 白话翻译

北风怎么这么凉,
吹得雪花飞扬。
你对我这么好,
让我们携手同行。
怎么能慢慢绕路?
风雪已经这么急。

北风怎么这么响,
吹得雪花飞舞。
你对我这么好,
让我们携手回乡。
怎么能慢慢绕路?
风雪已经这么急。

没有不是红色的狐狸,
没有不是黑色的乌鸦。
你对我这么好,
让我们携手一起乘车。
怎么能慢慢绕路?
风雪已经这么急。

邶风·静女

静女其姝[1],
俟我于城隅[2]。
爱而不见[3],
搔首踟蹰[4]。

静女其娈[5],
贻我彤管[6]。
彤管有炜[7],
说怿女美[8]。

自牧归荑[9],
洵美且异[10]。
非女之为美[11],
美人之贻。

△ 注释

1 静女：安静的女子。姝：漂亮。
2 俟：等待。城隅：城角。
3 爱：这里是名词，指爱人。
4 踟蹰：徘徊。
5 娈：娇美可爱。
6 贻：赠送。彤管：红色的笔。"管"可能是空心茅草一类的植物，这里译作笔。
7 炜：光彩鲜明的样子。
8 说怿：喜欢。女：汝，你，指上文说的红色的笔。
9 牧：野外。归：同"馈"，赠送。荑：初生的白茅，与上文"管"应该是一类。
10 洵：确实。异：特殊。
11 女：汝，你，指上文女子送给男子的所有礼物。

○ **诵读提示**

本篇描写的是一对情人在城墙下约会的场景和心情。

□ **白话翻译**

安静的女子多么漂亮,
她等候在城墙角落。
看不见爱人啊,
她挠着头发来回走动。

安静的女子多么可爱,
送我一只红色的笔。
通红的笔光彩鲜明,
我很喜欢它的颜色。

她从野外采摘了初生的白茅,
是漂亮又特殊的礼物。
不是礼物这么美啊,
是美人送我的礼。

鄘风·桑中

爰采唐矣[1]？沬之乡矣[2]。
云谁之思？美孟姜矣[3]。
期我乎桑中[4]，要我乎上宫[5]，
送我乎淇之上矣[6]。

爰采麦矣？沬之北矣。
云谁之思？美孟弋矣。
期我乎桑中，要我乎上宫，
送我乎淇之上矣。

爰采葑(fēng)矣[7]，沬之东矣。
云谁之思？美孟庸矣。
期我乎桑中，要我乎上宫，
送我乎淇之上矣。

△ **注释**

1 爰：即"于焉"，在哪里。唐：植物名，沙棠，或说女萝。
2 沬：地名。
3 孟姜：与下文"孟弋""孟庸"都看作女子的名字以方便理解。"姜""弋""庸"是古代的姓，"孟"是排行，孟姜即指姜姓的长女，后世用作美女的通称。
4 期：约定。桑中：桑树林中。
5 要：邀请。上宫：地名。
6 淇：淇水。
7 葑：芜菁。

○ 诵读提示

本篇描写的是男子回忆与女子密约幽会的场景:他们在桑林相见,上宫游玩,淇水边告别。

□ 白话翻译

哪里采了女萝呢?是在沫地家乡。
谁在想念我呢?是美丽的孟姜。
她在桑林中等我,邀我去上宫,
在淇水边和我告别。

哪里采了麦穗呢?是在沫地北边。
谁在想念我呢?是美丽的孟弋。
她在桑林中等我,邀我去上宫,
在淇水边和我告别。

哪里采了葑菜呢?是在沫地东边。
谁在想念我呢?是美丽的孟庸。
她在桑林中等我,邀我去上宫,
在淇水边和我告别。

郑风·女曰鸡鸣

女曰:"鸡鸣。"士曰:"昧旦[1]。"
"子兴视夜[2],明星有烂[3]。"
"将翱将翔[4],弋凫与雁[5]。"

"弋言加之[6],与子宜之。
宜言饮酒,与子偕老。
琴瑟在御[7],莫不静好[8]。"

"知子之来之[9],杂佩以赠之[10]。
知子之顺之[11],杂佩以问之[12]。
知子之好之[13],杂佩以报之。"

△ 注释

1 昧:昏暗。旦:早晨。这里指天将亮未亮的样子。
2 子:你。兴:起。视夜:观察夜色。
3 明星:启明星。烂:灿烂。
4 将:带领。翱、翔:鸟飞的样子。
5 弋:射。凫:野鸭。
6 言:助词。加:射中。
7 御:操控驾驭,这里是弹奏的意思。
8 莫不:没有一个不,都。
9 来:同"睐",青睐,喜欢。
10 杂佩:各种各样的玉佩。
11 顺:和顺体贴。
12 问:赠送。
13 好:动词,与我友好。

○ **诵读提示**

本篇描写的是夫妻清早起床前在屋里的对话。

□ **白话翻译**

女子说:"鸡都叫了。"男子说:"天还没亮。"
"你起来看,启明星很灿烂。"
"野鸭和大雁都要飞起来了,快去打猎吧。"

"射中了真好,可以和你享用。
用来下酒,与你一起过到老。
琴和瑟一起弹奏,事事皆安静美好。"

"知道你青睐我啊,多种佩玉送给你。
知道你体贴我啊,多种佩玉赠送你。
知道你喜欢我啊,多种佩玉报答你。"

郑风·有女同车

有女同车，
颜如舜华[1]。
将翱将翔[2]，
佩玉琼琚[3]。
彼美孟姜[4]，
洵美且都[5]。

有女同行，
颜如舜英。
将翱将翔，
佩玉将将[6]。
彼美孟姜，
德音不忘[7]。

△ **注释**

1 舜华：与下文"舜英"均是指木槿花。
2 将：即将，将要。翱、翔：鸟飞的样子，这里比喻轻盈的体态。
3 佩：佩戴。琼琚：美玉。
4 孟姜：详见《鄘风·桑中》。
5 洵：确实。都：这里指身材苗条。
6 将将：即"锵锵"，这里指佩玉相互碰撞发出的声音。
7 德音：美好的品德。

○ 诵读提示

男女一起乘车，借机相互表达爱情，《诗经》中多有出现。本篇即指相好的男女同车时，男子对女伴品德和容颜的夸奖。

□ 白话翻译

有个美女和我同坐一车，
她的容颜如同木槿花一样。
她的身体轻盈得好像要飞起来，
佩戴着的美玉是琼琚。
这就是美丽的孟姜啊，
确实这么美这么苗条。

有个美女和我同行一路，
她的容颜如同木槿花一样。
她的身体轻盈得好像要飞起来，
佩戴着的美玉在鸣响。
这就是美丽的孟姜啊，
难以忘怀她美好的品德。

郑风·丰

子之丰兮[1],
俟我乎巷兮[2],
悔予不送兮。

子之昌兮[3],
俟我乎堂兮,
悔予不将兮[4]。

衣锦褧衣[5],
裳锦褧裳[6]。
叔兮伯兮[7],
驾予与行[8]。

裳锦褧裳,
衣锦褧衣。
叔兮伯兮,
驾予与归。

△ **注释**

1 丰:俊美有风采。
2 俟:等。
3 昌:美好健壮的样子。
4 将:请,迎接。
5 衣锦:衣,作动词,穿,穿着华丽的上衣。褧衣:细麻布做的罩衫。
6 裳锦:裳,作动词,穿,穿着华丽的下裳。褧裳:衣裙。
7 叔兮伯兮:详见《郑风·叔于田》。
8 驾予:驾车带着我。行:远行。

○ 诵读提示

本篇描写的是一个女子与情人相见时矛盾和分别时后悔的复杂心情。她拒绝了情人又后悔，没有把握好见面的机会，最终被强制带回家了。

□ 白话翻译

你这么风神俊美啊，在巷子里等我，
我真后悔没有去送你。

你这么美好健壮啊，在屋门口等我，
我真后悔没有去迎接你。

穿着华丽的上衣和细麻做的罩衫，
穿着华丽的下裳和细麻做的罩裙。
叔叔伯伯们啊，载着我一起远行了。

穿着华丽的下裳和细麻做的罩裙，
穿着华丽的上衣和细麻做的罩衫。
叔叔伯伯们啊，载着我一起回家了。

郑风·风雨

风雨凄凄[1],
鸡鸣喈喈[2]。
既见君子,
云胡不夷[3]?

风雨潇潇[4],
鸡鸣胶胶。
既见君子,
云胡不瘳[5]?

风雨如晦[6],
鸡鸣不已[7]。
既见君子,
云胡不喜?

△ **注释**

1 凄凄:凄凉寒冷。
2 喈喈:与下文"胶胶"都是鸡叫声。
3 云:说。胡:什么。夷:平,平静。
4 潇潇:凄清冷寂。
5 瘳:病愈,或同"疗"。
6 晦:昏暗。
7 已:停止。

○ **诵读提示**

本篇描写一个女人在恶劣天气中看见丈夫的心情。他们久别重逢,连恶劣天气也不能减少相见的喜悦。

□ **白话翻译**

风和雨很凄凉,
鸡叫个不停。
既然已经看见了君子,
还说什么不平静?

风和雨潇潇下,
鸡叫个不停。
既然已经看见了君子,
还说什么不开心?

风和雨很昏暗,
鸡叫个不停。
既然已经看见了君子,
还说什么不高兴?

郑风·野有蔓草

野有蔓草[1],
零露漙兮[2]。
有美一人,
清扬婉兮[3]。
邂逅相遇[4],
适我愿兮[5]。

野有蔓草,
零露瀼瀼[6]。
有美一人,
婉如清扬[7]。
邂逅相遇,
与子偕臧[8]。

△ **注释**

1 蔓草:一种野草名。
2 零:落。漙:即"团",团团的露水。
3 清:眼神清明。扬:眉毛上扬。婉:美好。
4 邂逅:不期而遇。
5 适:正好。愿:愿望,愿想。
6 瀼:浓浓的露水。
7 婉如清扬:即"清扬婉兮"。
8 臧:好,善。这里用作动词,相好,友善。

○ **诵读提示**

本篇描写的是一个男子在野外遇见了心爱的人,她清纯婉丽,男子心生欢喜。

□ **白话翻译**

野地里有蔓草,
沾上了团团的露水。
有一个女子,
清纯婉丽真漂亮。
我们不期而遇了,
正是我的愿望。

野地里有蔓草,
沾上了浓浓的露水。
有一个女子,
婉丽清纯真漂亮。
我们不期而遇了,
就和你好上。

郑风·溱洧

溱与洧¹,方涣涣兮²。
士与女,方秉蕳兮³。
女曰:"观乎⁴?"士曰:"既且⁵。"
"且往观乎?"洧之外,洵讦且乐⁶。
维士与女,伊其相谑⁷,赠之以芍药。

溱与洧,浏其清矣⁸。
士与女,殷其盈兮⁹。
女曰:"观乎?"士曰:"既且。"
"且往观乎?"洧之外,洵讦且乐。
维士与女,伊其将谑,赠之以芍药。

△ 注释

1 溱、洧:都是河流名称。
2 方:正。涣涣:河流解冻后涨水流淌的样子。
3 秉:执,拿。蕳:兰花。
4 观:观赏游玩。乎:疑问词,这里相当于"吗"。
5 既:已经。且:同"徂",去,到。
6 洵讦:确实宽广阔大。
7 相谑:互相调笑。
8 浏:水流清亮的样子。
9 殷:人数众多。盈:充满。

○ **诵读提示**

本篇描写的是男女在游玩时的对话场景，表现出了二人真挚的情感和美好的生活。

□ **白话翻译**

溱河与洧河，刚刚解冻涨水。
游玩的男男女女，都拿着兰花。
女子说："去看看吗？"
男子说："已经去过了。"
"再和我去看看吗？"
洧河的外面，确实阔大宽广，
是玩乐的好地方。
男子和女子，他们相互戏谑，
赠送芍药。

溱河与洧河，水流很清亮。
游玩的男男女女，人数很多很热闹。
女子说："去看看吗？"
男子说："已经去过了。"
"再和我去看看吗？"
洧河的外面，确实阔大宽广，
是玩乐的好地方。
男子和女子，他们相互戏谑，
赠送芍药。

齐风·鸡鸣

"鸡既鸣矣[1],朝既盈矣[2]。"
"匪鸡则鸣[3],苍蝇之声。"

"东方明矣,朝既昌矣[4]。"
"匪东方则明,月出之光。"

"虫飞薨薨(hōng)[5],甘与子同梦[6]。"
"会且归矣[7],无庶予子憎[8]。"

△ 注释

1 既:已经。
2 朝:朝堂。盈:满。
3 匪:同"非",不是。则:之,的。
4 昌:意思同"盈",人多,人满。
5 薨薨:这里形容虫子飞的声音。
6 甘:甘心,原意。
7 会:朝会。归:归去,这里指去上朝。
8 无:勿。庶:众多。予子憎:让你恨我。

○ **诵读提示**

本篇描写的是一对夫妻在早上的对话。丈夫不想马上起身上朝,妻子催促他。催促两遍之后丈夫依然不去,于是妻子故意说反话:"我愿与你一起入梦。"丈夫这才起身去上朝。表现了温馨甜蜜的夫妻生活。

□ **白话翻译**

"鸡已经叫了,朝堂上人都站满了。"
"不,不是鸡叫,是苍蝇飞的声音。"

"东方出现亮光了,朝堂上人很多了。"
"不,不是东方发亮了,是月亮的光芒。"

"虫子在嗡嗡地飞,我愿意和你一起入梦。"
"上朝就上朝去吧,不要让你过多讨厌我。"

齐风·还

子之还兮[1],
遭我乎峱之间兮[2]。
并驱从两肩兮[3],
揖我谓我儇兮[4]。

子之茂兮[5],
遭我乎峱之道兮。
并驱从两牡兮[6],
揖我谓我好兮[7]。

子之昌兮[8],
遭我乎峱之阳兮[9]。
并驱从两狼兮,
揖我谓我臧兮[10]。

△ 注释

1 还:通"旋",轻快。
2 遭:相遇。乎:于,在。峱:峱山。
3 并驱:一起驾车。从:接近,靠近。
4 揖:作揖行礼。儇:灵巧
5 茂:美貌俊秀。
6 两牡:两匹马。
7 好:友好,喜欢。
8 子之昌兮:详见《郑风·丰》。
9 阳:山的南面。
10 臧:隐藏,这里指回家。

○ **诵读提示**

有说法认为本篇描写猎人之间的相互称赞。笔者认为描写的应该是少女遇见了猎人之后相互欣赏。《诗经》中有不少诗篇描写猎人与少女的相遇。

□ **白话翻译**

你真快啊,
在猃山之间遇见了我。
我们俩并肩赶着车,
你对我作揖说我灵巧。

你真俊啊,
在猃山路上遇见了我。
我们俩赶着两匹马,
你对我作揖说喜欢我。

你真壮啊,
在猃山南边遇见了我。
我们俩赶着两只狼,
你对我作揖说一起回家。

齐风·著

俟我于著乎而[1]，
充耳以素乎而[2]，
尚之以琼华乎而[3]。

俟(sì)我于庭乎而，
充耳以青乎而，
尚之以琼莹乎而。

俟我于堂乎而，
充耳以黄乎而，
尚之以琼英乎而。

△ 注释

1 著：门屏，古代用屏风遮挡大堂，正门与大堂之间的这段距离就是著。俟：等候。乎而：句尾助词。
2 充耳：耳饰。以：用。素：白色丝线。下文"青""黄"都是指这一类的耳饰。
3 尚：上。之：指丝绳。琼华：与下文"琼莹""琼英"都是美玉。

○ **诵读提示**

本篇是新郎迎亲之诗,描写了新娘从门屏边迎进中庭到步入大堂的过程。

□ **白话翻译**

她就在门屏边等我啊,
耳边挂着白丝线,
配上琼华美玉。

她就在中庭里等我啊,
耳边挂着青丝线,
配上琼莹美玉。

她就在大堂上等我啊,
耳边挂着黄丝线,
配上琼英美玉。

齐风·东方之日

东方之日兮[1],

彼姝者子[2],

在我室兮。

在我室兮,

履我即兮[3]。

东方之月兮,

彼姝者子,

在我闼兮[4]。
（tà）

在我闼兮,

履我发兮[5]。

△ **注释**

1 东方之日：东方的太阳，这里比喻约会的女子，下文的"东方之月"用法相同。
2 彼姝者子：这个美丽的人是你。姝，美丽。
3 履：踩。即：腿、膝。
4 闼：内门。一说门内、屋里、内室。
5 发：足、脚。

○ **诵读提示**

本篇通过男女双方的动作描写,再现了他们约会的亲密场景。有说法认为诗中的"即""发"均是动词,这里笔者认为应该是指人的身体,表示男女亲昵时肢体的互相接触。

□ **白话翻译**

像东方的太阳啊,
这么美丽的人是你,
在我的家里。
在我的家里啊,
踩着了我的腿。

像东方的月亮啊,
这么美丽的人是你,
在我的房里。
在我的房里啊,
踩着了我的脚丫。

齐风·东方未明

东方未明[1],
颠倒衣裳[2]。
颠之倒之,
自公召之[3]。

东方未晞(xī)[4],
颠倒裳衣。
倒之颠之,
自公令之[5]。

折柳樊圃(pǔ)[6],
狂夫瞿瞿(jù)[7]。
不能辰夜[8],
不夙则莫(mù)[9]。

△ **注释**

1 明:亮,这里指天亮。
2 衣裳:古人上衣下裳,这里指穿错了衣裳。
3 自:来自,因为。公:王公,君主。召:征召,召唤。
4 晞:天刚亮。
5 令:命令。
6 樊:同"藩",竹木编成的篱笆。圃:菜园。
7 狂:狂躁,这里指因为昼夜颠倒导致心情烦躁。瞿瞿:瞪眼的样子。
8 辰:同"晨",指白天。
9 夙:早。莫:同"暮",夜晚。

○ **诵读提示**

本篇描写的是因为丈夫受到了公事的影响，夫妻的正常家居生活变得日夜颠倒，乱七八糟。

□ **白话翻译**

东方还没有发亮，
他就颠倒穿错了衣裳。
颠来倒去的，
因为王公在召唤他。

东方还没有发亮，
他就颠倒穿错了衣裳。
颠来倒去的，
因为王公在命令他。

折柳条编成菜园的篱笆，
狂躁的丈夫又瞪着眼。
他既不能管好夜晚，
白天也不能上好班。

魏风·十亩之间

十亩之间兮[1],
桑者闲闲兮[2],
行与子还兮[3]。

十亩之外兮,
桑者泄泄兮,
行与子逝兮[4]。

△ 注释

1 十亩:这里是指大片的田地。
2 桑者:采桑的人。闲闲:一群一群的样子,下文"泄泄"意思相同。
3 行:走。
4 逝:往,回去。

○ **诵读提示**

本篇大意是夫妻或者恋人一起劳作之后相约回家。

□ **白话翻译**

十亩的桑田之间啊,
采桑的人一群群的,
我们走,回去吧。

十亩的桑田之外啊,
采桑的人一片片的,
我们走,回家吧。

唐风·绸缪

绸缪束薪[1],三星在天。
今夕何夕,见此良人[2]。
子兮子兮,如此良人何[3]?

绸缪束刍[4],三星在隅[5]。
今夕何夕,见此邂逅[6]。
子兮子兮,如此邂逅何?

绸缪束楚[7],三星在户[8]。
今夕何夕,见此粲者[9]。
子兮子兮,如此粲者何?

△ **注释**

1 绸缪:准备。束:捆扎。薪:柴火。
2 良人:品性优良的人,这里指爱人。
3 何:怎么。
4 刍:青草。
5 隅:房子的角落。
6 邂逅:不期而遇,这里指爱人之间心有灵犀。
7 楚:荆条。
8 户:房门。
9 粲者:美丽出众的人。

○ 诵读提示

本篇描写的是女子与爱人欢会之时对自己爱人的赞美。

□ 白话翻译

准备捆柴火吧，三个星星都在天上了。
今晚是什么晚上啊，看见了这么好的人。
你啊你啊，怎么是这么好的人啊？

准备捆青草吧，三个星星都在房子角落了。
今晚是什么晚上啊，与你碰上了。
你啊你啊，怎么会这样和你相见啊？

准备捆荆条吧，三个星星都在房门口了。
今晚是什么晚上啊，看见了如此美丽出众的你。
你啊你啊，怎么会这么美丽出众啊？

秦风·车邻

有车邻邻[1],
有马白颠[2]。
未见君子,
寺人之令[3]。

阪(bǎn)有漆[4],
隰有栗。
既见君子,
并坐鼓瑟[5]。
今者不乐,
逝者其耋(dié)[6]。

阪有桑,
隰有杨。
既见君子,
并坐鼓簧[7]。
今者不乐,
逝者其亡[8]。

△ 注释

1 有:发语助词。邻邻:同"辚辚",车轮滚动的声音。
2 白颠:长有白毛的马的头颅。
3 寺人:当官的人,宫人。令:传令。
4 阪:山坡。漆:漆树。
5 并坐:并身偎坐。鼓瑟:弹瑟。瑟,古代一种像琴的弦乐器。
6 逝者:逝去的日子。耋:八十岁,这里指年老。
7 簧:古代一种像笙的管乐器。
8 亡:同"无",没有。

○ 诵读提示

本篇描写的是相爱的男女一起奏乐,及时享受幸福快乐。

□ 白话翻译

车轮发出辚辚的声音,
马儿昂着白色的头颅。
没有看见君子,
因为宫人传令叫走他了。

山上有漆树,
水边有栗树。
既然看见了君子,
我们就并坐着弹琴。
今天不找快乐,
时光流逝后就变成了老人。

山上有桑树,
水边有杨树。
既然看见了君子,
我们就并坐着吹笙。
今天不找快乐,
时光流逝后就没了生命。

陈风·东门之枌

东门之枌¹,
宛丘之栩²。
子仲之子³,
婆娑其下⁴。

榖旦于差⁵,
南方之原⁶。
不绩其麻⁷,
市也婆娑⁸。

榖旦于逝⁹,
越以鬷迈¹⁰。
视尔如荍¹¹,
贻我握椒¹²。

△ 注释

1 枌：榆树。
2 栩：柞树。
3 子仲之子：子仲家的姑娘。
4 婆娑：这里形容跳舞时的优美姿态。
5 榖旦：好日子。差：差选，选择。
6 南方之原：南边的平地。
7 绩：这里指用麻织布的动作。
8 市：这里指像集市一样热闹的地方。
9 逝：流逝，过去。
10 越以：愈以。鬷：聚会，在一起。迈：走近。
11 荍：锦葵花。
12 贻：赠送。握：一把。椒：花椒。

○ **诵读提示**

本篇描写的是男女相慕,一起约会唱歌跳舞的场景。

□ **白话翻译**

东门有榆树,
宛丘有柞树。
子仲家的姑娘,
在树下优美地跳舞。

选个好日子,
在南边的平地。
不再纺麻,
去热闹地婆娑起舞。

好日子很快过去,
男女渐渐走近相聚在一起。
眼中的你如锦葵般美丽,
送了我一把芳香的花椒。

陈风·东门之池

东门之池[1]，
可以沤麻[2]。
彼美淑姬[3]，
可与晤(wù)歌[4]。

东门之池，
可以沤纻(zhù)[5]。
彼美淑姬，
可与晤语。

东门之池，
可以沤菅(jiān)[6]。
彼美淑姬，
可与晤言。

△ 注释

1 池：池水。
2 沤：浸泡。
3 美、淑：外表美丽，品德优良。姬：对女性的尊称。
4 晤歌：见面唱歌。
5 纻：同"苎"，苎麻。
6 菅：菅草。

○ **诵读提示**

本篇描写的是男女相会的美好场景，他们在东门的池水边聊天唱歌。

□ **白话翻译**

东门的池水啊，
可以浸泡麻。
那个美丽纯洁的姑娘，
可以见面唱歌。

东门的池水啊，
可以浸泡苎麻。
那个美丽纯洁的姑娘，
可以见面谈话。

东门的池水啊，
可以浸泡菅草。
那个美丽纯洁的姑娘，
可以见面聊天。

陈风·东门之杨

东门之杨,
其叶牂牂^{zāng}[1]。
昏以为期[2],
明星煌煌[3]。

东门之杨,
其叶肺肺^{pèi}[4]。
昏以为期,
明星晢晢^{zhé}[5]。

△ **注释**

1 牂牂:茂盛的样子。
2 昏:黄昏。期:约会。
3 明星:启明星。煌煌:闪闪发亮的样子。启明星是天亮前后可以看到的星星,"启明"即出现光明的意思。这里的意思是说约定黄昏见面的人,一直到了第二天的早晨还没出现。
4 肺肺:同"芾芾",枝叶茂盛。
5 晢晢:熠熠发光的样子。

○ **诵读提示**

本篇描写的是男女约会时男方焦急等待的心情。

□ **白话翻译**

东门的杨树啊,
叶子生长茂盛。
我们约定黄昏见面,
却等到了启明星闪闪发亮。

东门的杨树啊,
叶子茂盛生长。
我们约定黄昏见面,
却等到了启明星熠熠发光。

小雅·隰桑

隰桑有阿[1]，
其叶有难[2]。
既见君子，
其乐如何！

隰桑有阿，
其叶有沃[3]。
既见君子，
云何不乐！

隰桑有阿，
其叶有幽[4]。
既见君子，
德音孔胶[5]。

心乎爱矣[6]，
遐不谓矣[7]？
中心藏之[8]，
何日忘之！

△ 注释

1 隰桑：长在水边低湿地的桑树。有：助词。阿：同"婀"，姿态美好。
2 难：同"娜"，茂盛。
3 沃：肥沃，润泽茂密。
4 幽：暗，这里指桑树叶子的深绿色。
5 德音：美好的品德。孔：非常。胶：粘，这里指吸引人。
6 心乎爱矣：从内心生发的爱意。
7 遐不：何不，为什么。
8 中心：心中。

○ **诵读提示**

本篇描写的是一个女子约会情人时的场景和心理活动。

□ **白话翻译**

湿地的桑树姿态美好,
它的叶子繁茂。
已经看见了君子,
快乐难以言表。

湿地的桑树姿态美好,
它的叶子繁多。
已经看见了君子,
怎么会不快乐!

湿地的桑树姿态美好,
它的叶子肥沃。
已经看见了君子,
美好的品德吸引我。

内心生发的爱意,
怎么不说给他听?
内心深藏的爱意,
并没有一天忘记!

第五章

伤怀 —— 十一首

白日东岭，素月西河，时间在变化，人心也在不断变化。生活不是一成不变的，永远有新的事情发生，有新的事情要去面对。随着恋人们相处模式的转变，两个人在一起慢慢减退了初恋时的激情。男女甚至可能会互相怀疑对方的爱意，长相厮守的美满爱情因此也就变得更加难得。因此，《诗经》中自然也有爱人变心导致感情破裂的伤怀之诗。《诗经》中"伤怀"出自"啸歌伤怀，念彼硕人"。本章即选择这一类的伤怀诗共十一首，揭示先民们恋爱失意时的精神状态。

召南·行露

厌浥行露[1],
岂不夙夜[2]?
谓行多露[3]。

谁谓雀无角[4],
何以穿我屋?
谁谓女无家[5],
何以速我狱[6]?
虽速我狱,
室家不足[7]!

谁谓鼠无牙,
何以穿我墉[8]?
谁谓女无家,
何以速我讼[9]?
虽速我讼,
亦不女从[10]!

△ 注释

1 厌浥:潮湿的样子。行露:道路上的露水。
2 夙夜:白天夜晚。
3 谓:同"畏",害怕,担忧。
4 谓:说。角:鸟嘴。
5 女:同"汝",你。
6 速:导致。狱:监狱。这里指有家室的男子欲强娶女子,女子不从以致入狱。
7 室家:成家,这里指结婚。不足:不够。
8 墉:墙壁。
9 讼:争辩是非,这里用作动词。
10 亦不女从:即"亦不从女",也不会服从你。

○ **诵读提示**

本篇描写了一个女子因为拒绝不平等婚姻而与男子对簿公堂的愤慨之情,也是伤怀的一种。

□ **白话翻译**

露水打湿了道路,
难道不想日夜赶路?
是怕路上的露水很多。

谁说鸟雀没有尖嘴,
不然怎么啄穿我的房屋?
谁说你没有家庭,
不然怎么使我进了监狱?
虽然把我关进监狱,
这样成家理由还是不充足!

谁说老鼠没有牙齿,
不然怎么咬穿我的高墙?
谁说你没有家庭,
怎么就把我告上了公堂?
虽然把我告上了公堂,
我还是不愿意对你们服从。

召南·江有汜

江有汜(sì)¹,
之子归²,
不我以³。
不我以,
其后也悔⁴。

江有渚(zhǔ)⁵,
之子归,
不我与⁶。
不我与,
其后也处⁷。

江有沱⁸,
之子归,
不我过⁹。
不我过,
其啸也歌¹⁰。

△ 注释

1 汜:江水的分流,这里比喻变心的爱人。
2 归:去,离开。
3 不我以:即"不以我",不带着我。
4 后:以后。悔:后悔。
5 渚:水中小洲渚。
6 与:陪伴。
7 处:这里指独处。
8 沱:长江的支流。
9 过:过问。
10 啸:悲哭。

○ **诵读提示**

本篇大意是女子对于负心郎的指责。

□ **白话翻译**

江水分流了,
你要离开了,
不想带着我。
不带着我,
以后你定会后悔。

江上有小洲,
你要离开了,
不再陪伴我。
不陪伴我,
以后你自己待着。

江水有支流,
你要离开了,
不再过问我。
不过问我,
以后你以哭当歌。

邶风·柏舟

泛彼柏舟[1]，亦泛其流[2]。
耿耿不寐[3]，如有隐忧[4]。
微我无酒[5]，以敖以游[6]。

我心匪鉴[7]，不可以茹(rú)[8]。
亦有兄弟，不可以据[9]。
薄言往愬(sù)[10]，逢彼之怒。

我心匪石，不可转也。
我心匪席，不可卷也。
威仪棣棣(dì)[11]，不可选也[12]。

忧心悄悄[13]，愠(yùn)于群小[14]。
觏闵既多(gòu mǐn)[15]，受侮不少[16]。
静言思之[17]，寤辟有摽(pì biào)[18]。

日居月诸[19]，胡迭而微[20]。
心之忧矣，如匪浣(huàn)衣[21]。
静言思之，不能奋飞[22]。

△ **注释**

1 泛彼柏舟：详见《鄘风·柏舟》。
2 流：漂流。
3 耿耿：心中挂怀、烦躁不安的样子。不寐：不能入睡。
4 隐忧：内心深处的忧愁。
5 微：不是，没有。
6 以敖以游：敖、游，即"遨游"。
7 匪鉴：不是镜子。
8 茹：同"度"，容纳。
9 据：依靠。
10 薄言：助词。愬：同"诉"，诉苦。
11 棣棣：高贵的样子。
12 选：退让。
13 悄悄：忧愁的样子。
14 愠：愤恨。群小：成群的小人。
15 觏：遭受。闵：苦难。
16 受侮不少：遭受的侮辱很多。

17 静言思之:静下来想想这些。言,助词。之,代词,这里指遭受的苦难。
18 寤:醒来。辟:通"擗",捶胸。摽:捶,打。
19 居、诸:这里都是助词,没有实际意义。
20 胡:为什么。迭:更换。微:微弱,这里指光芒减少。
21 浣:洗。
22 奋飞:振翅高飞。

○ 诵读提示

本篇描写的是一个女人受到夫家欺负,但依然怀有对爱情忠贞不二的决心。

□ 白话翻译

乘上柏木舟,在河上漂流。
一直无法入睡,心中深深忧愁。
我不是没有酒,用以自在遨游。

我的心不是镜子,不可能容纳所有的样子。
我也有兄弟啊,但是靠不住。
我想去诉苦,没想到他们对我发怒。

我的心不是石头,不可能转动。
我的心不是席子,不可能卷起来。
我的地位尊严,不可能屈从退让。

我的心非常忧愁,愤恨小人的行径。
遭受的苦难很多,受的侮辱也不少。
静下来想一想啊,抚心捶胸气难消。

太阳啊月亮啊,为什么光芒轮流暗淡。
心里堆积的忧愁,犹如没有洗的脏衣。
静下来想一想啊,没有办法振翅高飞。

邶风·日月

日居月诸[1]，照临下土[2]。
乃如之人兮[3]，逝不古处[4]。
胡能有定[5]？宁不我顾[6]？

日居月诸，下土是冒[7]。
乃如之人兮，逝不相好[8]。
胡能有定？宁不我报[9]？

日居月诸，出自东方[10]。
乃如之人兮，德音无良。
胡能有定？俾也可忘[11]。

日居月诸，东方自出。
父兮母兮，畜我不卒[12]。
胡能有定？报我不述[13]！

△ 注释

1 日居月诸：详见《邶风·柏舟》。
2 照临：照耀到。下土：日月下的大地。
3 乃：可是。如：这样。
4 逝：助词。古处：即"故处"，按以前的方式相处。
5 胡：疑问词，怎么。定：安定，心安。
6 宁：难道。不我顾：即"不顾我"，不顾念我。
7 冒：冒出，发光。
8 好：这里是动词，爱，喜欢。
9 报：答复。
10 出：出现，这里指太阳、月亮升起。
11 俾：使。
12 畜：同"慉"，喜欢，爱。卒：最终，终止。
13 述：说。

○ 诵读提示

本篇描写了一个女子被丈夫遗弃的心境。有其他说法认为是指卫国庄姜被遗弃之事。

□ 白话翻译

太阳啊月亮啊，永远照耀着人间大地。
可是这个人啊，不按以前的方式相处。
怎么才能定下心？难道不顾念我？

太阳啊月亮啊，永远在人间大地发光。
可是这个人啊，不像以前一样爱我。
怎么才能定下心？难道再不答复我？

太阳啊月亮啊，永远从东方出现。
可是这个人啊，美好品德变得不好。
怎么才能定下心？使我可以把他忘。

太阳啊月亮啊，永远自由地从东方出现。
父亲啊母亲啊，他为什么不爱我到底。
怎么才能定下心？回复我才不再述说！

邶风·终风

终风且暴[1],
顾我则笑[2]。
谑浪笑敖[3],
中心是悼[4]。

终风且霾[5],
惠然肯来[6]。
莫往莫来,
悠悠我思。

终风且曀[7],
不日有曀[8]。
寤言不寐,
愿言则嚏[9]。

曀曀其阴,
虺虺其雷[10]。
寤言不寐,
愿言则怀。

△ 注释

1 终风:无休止的风。暴:猛烈。
2 顾我则笑:看到我就调笑。
3 谑:戏谑。浪:放荡。笑敖:这里指放荡戏谑不正经的样子。
4 中心:心中。悼:哀伤苦恼。
5 霾:阴霾,这里指因为长久刮风导致沙尘漫天的样子。
6 惠:恩惠,这里用作动词,指予以爱意。
7 曀:同"翳",天色阴暗的样子。
8 不日:不见太阳。
9 嚏:喷嚏,这里用作动词,打喷嚏。
10 虺虺:这里形容打雷的声音。

○ **诵读提示**

本篇描写一个女子对情人或者丈夫的思念和埋怨。

□ **白话翻译**

整天刮风刮得猛,
他看见我只顾笑。
戏谑放荡不正经,
我的心中很苦恼。

整天刮风沙成霾,
爱我他还不过来。
我不肯去他不来,
思念萦绕我心怀。

整天刮风又阴暗,
不见太阳更阴暗。
醒了再也睡不着,
一想他就打喷嚏。

整天都是黑灰灰,
老天轰轰在打雷。
醒了再也睡不着,
愿他一直在想我。

邶风·谷风

习习谷风[1]，以阴以雨。黾勉同心[2]，不宜有怒。
采葑采菲[3]，无以下体[4]。德音莫违[5]，及尔同死[6]。

行道迟迟，中心有违[7]。不远伊迩[8]，薄送我畿[9]。
谁谓荼苦[10]，其甘如荠[11]。宴尔新昏[12]，如兄如弟。

泾以渭浊[13]，湜湜其沚[14]。宴尔新昏，不我屑以[15]。
毋逝我梁[16]，毋发我笱[17]。我躬不阅[18]，遑恤我后[19]。

就其深矣[20]，方之舟之[21]。就其浅矣，泳之游之。
何有何亡[22]，黾勉求之[23]。凡民有丧[24]，匍匐救之[25]。

不我能慉[26]，反以我为雠[27]。既阻我德[28]，贾用不售[29]。
昔育恐育鞫[30]，及尔颠覆[31]。既生既育[32]，比予于毒[33]。

我有旨蓄[34]，亦以御冬[35]。宴尔新昏，以我御穷。
有洸有溃[36]，既诒我肄[37]。不念昔者，伊余来塈[38]。

△ **注释**

1 习习：这里形容风吹接连不断的样子。谷风：山谷中吹来的风。
2 黾勉：勤勉努力。
3 葑、菲：蔓菁、萝卜叶。
4 无：勿,不要。下体：指植物的根。
5 德音莫违：即"莫违德音",不要违背了说过的好话。
6 及：到。
7 中心：心中。违：违背。这里指女子不想离开却被逼着离开。
8 不远：不奢求远送。迩：近。
9 薄：匆匆,这里指女子的丈夫心不在焉送走她。畿：门门槛。
10 荼：植物名,味苦。
11 荠：甜菜。这里是说女子的心情比荼菜更苦,对比之下觉得荼菜都是甘甜的了。
12 宴：快乐。昏：即"婚"。
13 泾、渭：都是河流名,泾河水清,渭河水浊。
14 湜湜：清澈。沚：河底。
15 不我屑以：即"不以我屑",不把我当回事。
16 逝：去。梁：鱼堤,指为了捕鱼拦起来堵水的小堤。
17 发：打开。笱：鱼篓。
18 躬：自身。阅：容纳。

19 遑：没空,顾不上,来不及。恤：体恤,体谅。
20 深：这里指水深的地方。
21 方：同"舫",小船,这里和"舟"一样都是名词用作动词,用小船渡。
22 亡：同"无",没有。
23 求：探寻,这两句指女子事无巨细操办家务,备办家中所需。
24 民：这里指邻居。丧：缺乏,没有。
25 匍匐：爬行,这里指尽力。
26 惜：体恤,爱惜。
27 雠：同"仇",仇人。
28 阻：组织,禁止。德：这里用作动词,指对邻里直接施与恩德。
29 贾：卖。不售：卖不出。
30 育：生活。恐：恐惧害怕。育鞠：处于穷苦之中。
31 颠覆：转换,这里指生活由穷困变好。
32 生、育：这里指生下孩子和养育孩子。
33 比：当作。予：我。于：如,像。毒：毒物。
34 旨：甘美,这里形容词活用为名词,甘美的食物。蓄：积攒聚集。
35 御：抵御。
36 洸、溃：大水决堤的样子,这里比喻女子的丈夫发怒。
37 既：尽。诒：同"贻",给予。肆：工作。
38 伊：助词。墍：同"嫉",嫉恨。

○ 诵读提示

本篇是一个被丈夫遗弃的女子看到丈夫新娶的悲伤自诉。

□ 白话翻译

山谷的风不断吹,带来阴天和雨天。
我们勤勉一条心,你不该对我发怒。
采蔓菁又采萝卜,不要破坏它的根。
不要违背说过的好话,要和你相爱到死。

路上走得非常慢,心里又有过不去的坎。
不奢求你远送我,匆匆只送我到家门口。
谁说荼菜味道苦,它的味道胜过荠菜。
你的新婚多幸福,和她好得如同兄弟。

泾水因为渭水变浑浊,但是河底依然清澈。
你的新婚多快乐,如今不想再理我。
不要放开我鱼堤,不要打开我鱼筐。
我自己不被你接纳,何况走后我的孩子。

水深的地方,就渡船过去。
水浅的地方,就游泳过去。
家中有什么没有什么,我都尽量去操办。
邻居有缺少什么东西,我都努力去帮忙。

你不但不因此爱惜我,反而把我当仇人。
你阻止我恩惠旁邻,使我的美德就像商人卖不出去的货物。
从前害怕穷困的生活,现在一切都变好。
已经为你生养了孩子,你却把我当毒物。

我积攒了丰美食物,是用来抵御寒冬。
你的新婚多么快乐,用我来抵御贫穷。
你对我动粗又发怒,工作全都留给我。
你这不念旧情的人,我对你只有嫉恨。

卫风·氓

氓之蚩蚩[1]，抱布贸丝[2]。匪来贸丝[3]，来即我谋[4]。
送子涉淇[5]，至于顿丘[6]。匪我愆期[7]，子无良媒[8]。
将子无怒[9]，秋以为期[10]。

乘彼垝垣[11]，以望复关[12]。不见复关，泣涕涟涟[13]。
既见复关，载笑载言[14]。尔卜尔筮[15]，体无咎言[16]。
以尔车来[17]，以我贿迁[18]。

桑之未落[19]，其叶沃若[20]。于嗟鸠兮[21]，无食桑葚[22]。
于嗟女兮，无与士耽[23]。士之耽兮，犹可说也[24]。
女之耽兮，不可说也。

桑之落矣，其黄而陨[25]。自我徂尔[26]，三岁食贫[27]。
淇水汤汤[28]，渐车帷裳[29]。女也不爽[30]，士贰其行[31]。
士也罔极[32]，二三其德[33]。

三岁为妇，靡室劳矣[34]。夙兴夜寐[35]，靡有朝矣[36]。
言既遂矣[37]，至于暴矣[38]。兄弟不知，咥其笑矣[39]。
静言思之，躬自悼矣[40]。

及尔偕老[41]，老使我怨[42]。淇则有岸，隰则有泮[43]。
总角之宴[44]，言笑晏晏[45]。信誓旦旦[46]，不思其反[47]。
反是不思，亦已焉哉[48]。

△ 注释

1 氓:人民,百姓,这里指男子。蚩蚩:同"嗤嗤",嗤嗤笑的样子。
2 贸:交换。
3 匪:同"非"。
4 谋:商量,这里指求婚。
5 涉淇:渡过淇水。
6 至:到。于:介词。顿丘:淇水附近的地名。
7 愆期:延误约定。
8 良媒:适合的媒人。
9 将:请。
10 秋以为期:即"以秋为期"。
11 乘:登上。垝垣:倒塌的土城墙。
12 复关:重重叠叠的关隘,这里指遥望男子的住处。
13 泣涕:眼泪鼻涕。涟涟:眼泪鼻涕不断流下的样子。
14 载:则,就。
15 卜、筮:占卜算卦。这里指男子为结婚去求神问卜。
16 体:体现出的结果。咎言:错误的言论。
17 以:用,把。
18 贿:财物,这里指女子的嫁妆。迁:移动,带走。
19 桑:这里指桑树的叶子。落:凋零,飘落。
20 沃若:这里指桑叶肥沃润泽的样子。
21 于嗟:同"吁嗟",感叹词。
22 无食:不要吃。桑葚:桑果,吃多了会导致胃酸甚至呕吐。
23 耽:沉迷,沉溺。
24 说:同"脱",解脱,变心。
25 黄:这里指桑叶变黄。陨:陨落,坠落。
26 徂:到。
27 三岁:三年。食贫:生活贫困。
28 汤汤:大水流动的样子。
29 渐:同"溅",溅湿。帷裳:车上挂着用来遮挡的帷幔。
30 爽:过错。
31 贰:这里用作动词,有二心,不专一。行:行为。
32 罔:没有。极:准则,原则。
33 二三其德:在品德上行动三心二意。
34 靡:没有。室劳:室内劳动,这里指家务。
35 夙:早。兴:起来。
36 靡有朝:不是一天,这里指长期坚持。
37 言:助词。遂:顺遂。
38 暴:暴戾。
39 咥:笑的样子。
40 躬:亲自,自己。悼:忧伤。
41 及尔:当时你。偕老:一起变老。
42 老:指上文提到的一起变老的事情。
43 泮:同"畔",水边。这里用"有岸""有泮"来反衬男子的暴戾没有边际。
44 总角:少年时代。宴:聚会。
45 晏晏:欢乐和畅的样子。
46 信誓:诚实可靠的誓言。旦旦:诚恳。
47 反:违反,违背。
48 亦:也。已:终止。焉哉:叹词。

○ 诵读提示

本篇通过叙事，描写了爱情婚姻失败的女子的不幸遭遇和痛苦感受，感人至深。

□ 白话翻译

你这家伙笑嘻嘻，抱着布匹来换丝。
不是真的来换丝，是和我商量婚期。
我送你过了淇水，到达了顿丘。
不是我延误约定，是你没找好媒人。
但请你不要生气，到秋天就是婚期。

登上那倒塌的土城，来看那重叠的关隘。
没有看见重叠关隘，眼泪鼻涕都流下来。
看见了重叠的关隘，就开心地又说又笑。
你又是占卜又算卦，都没有显示出不好。
快赶着你的车来吧，把我的嫁妆拉上走。

桑叶还没有落，叶子还很肥沃润泽。
斑鸠啊斑鸠啊，不要过多地吃桑果。
姑娘啊姑娘啊，别和男子沉溺爱情。
男子坠入情网容易变心，
女子坠入情网不可脱身。

桑叶落下来了,叶子变黄飘坠。
自从我到你家,三年过得贫穷。
淇水水流浩荡,溅湿车的帷幔。
女子没有过错,男子有了二心。
男子没有原则,道德三心二意。

当了三年主妇,为了全家操劳。
早起晚睡劳作,每天坚持这样。
现在条件顺遂,你却变得狂暴。
兄弟年幼无知,对我嘻嘻嘲笑。
静下来想一想,只能自己忧伤。

当时你说白头到老,变老的事使我伤心。
淇水有堤岸,湿地也有边缘。
童年聚会的时候,有说有笑多么快乐。
我们的山盟海誓,不会想到会有改变。
改变了就别想了,也就这样结束吧。

王风·中谷有蓷

中谷有蓷^{tuī}[1]，
暵^{hàn}其干矣[2]。
有女仳^{pǐ}离[3]，
嘅^{kǎi}其叹矣[4]。
嘅其叹矣，
遇人之艰难矣[5]。

中谷有蓷，
暵其脩矣[6]。
有女仳离，
条其啸矣[7]。
条其啸矣，
遇人之不淑矣[8]。

中谷有蓷，
暵其湿矣。
有女仳离，
啜^{chuò}其泣矣[9]。
啜其泣矣，
何嗟及矣[10]。

△ 注释

1 中谷有蓷：即"谷中有蓷"，山谷之中有蓷草。蓷，益母草。
2 暵：这里指植物被晒干的样子。
3 仳离：离异，这里是被动用法，被抛弃。
4 嘅：同"慨"，叹息的样子。
5 遇人：嫁给适合的人。
6 脩：肉干，这里用来形容益母草被晒干的形状。
7 条：长，久，反复。啸，呼叫，悲哭。
8 淑：温和善良。
9 啜：哭泣的样子。
10 何嗟及矣：即"嗟何及矣"。嗟，叹词。何及，即"何济"，有什么用。

○ **诵读提示**

本篇描写了妇女被丈夫抛弃后的泣叹。

□ **白话翻译**

山谷中长有益母草,
草儿被晒得很干。
有个被抛弃的女子,
在反复感伤慨叹。
她反复地感伤慨叹,
嫁合适的人真难。

山谷中长有益母草,
草儿晒得像肉干。
有个被抛弃的女子,
在久久地悲哭伤感。
她久久地悲哭伤感,
结婚的人不温和良善。

山谷中长有益母草,
草变干了又变湿。
有个被抛弃的女子,
在伤心无力地哭泣。
她伤心无力地哭泣,
嗟叹也已来不及。

小雅·我行其野

我行其野[1],
蔽芾其樗[2]。
昏姻之故[3],
言就尔居[4]。
尔不我畜[5],
复我邦家[6]。

我行其野,
言采其蓫[7]。
昏姻之故,
言就尔宿[8]。
尔不我畜,
言归思复。

我行其野,
言采其葍[9]。
不思旧姻,
求尔新特[10]。
成不以富[11],
亦祇以异[12]。

△ 注释

1 其:助词。
2 蔽芾:嫩叶初生的样子。樗:椿树。
3 昏姻:婚姻。故:原因,缘故。
4 就:接近。尔居:你家。这里指男女因婚姻关系一起居住。
5 尔不我畜:即"尔不畜我",你不喜欢我。畜,同"慉",喜欢。
6 复:重新回去。邦家:家邦,家。
7 蓫:植物名,即羊蹄菜。
8 宿:居住。
9 葍:旋花草,可以食用充饥。
10 特:配偶,格外喜欢的人。
11 成:同"诚",诚然,确实。
12 祇:只。异:变心。

○ 诵读提示

本篇描写的是妻子被丈夫抛弃,回娘家路上的心情。

□ 白话翻译

我行走在野外,
到处是小的椿树。
因为婚姻缘故,
我和你一起居住。
你不喜欢我,
我还是重新回家去。

我行走在野外,
采集羊蹄草饱腹。
因为婚姻缘故,
我到了你的住处。
你不喜欢我,
我还是重新回家去。

我行走在野外,
采集旋花草充饥。
你不顾及旧情,
去追求新的女子。
不是因为她富,
而只是你变了心。

小雅·谷风

习习谷风[1],
维风及雨。
将恐将惧[2],
维予与女[3]。
将安将乐,
女转弃予[4]。

习习谷风,
维风及颓[5]。
将恐将惧,
寘(zhì)予于怀[6]。
将安将乐,
弃予如遗[7]。

习习谷风,
维山崔嵬(wéi)[8]。
无草不死,
无木不萎[9]。
忘我大德[10],
思我小怨[11]。

△ 注释

1 习习谷风:详见《邶风·谷风》。
2 将:带来。
3 女:同"汝",你。
4 转:转变。弃予:抛弃我。
5 颓:飙风。
6 寘:同"置",放。怀:怀中。
7 遗:遗落,遗忘,这里用作名词,遗落的东西。
8 崔嵬:高山。
9 萎:枯萎。
10 大德:美德。
11 小怨:小错。

○ 诵读提示

本篇描写了妻子对于昔日恩爱的回忆和现今遭遇的泣诉。

□ 白话翻译

山谷的风不断吹,
夹杂着风和雨。
当时很惶恐惧怕,
好在有你陪我。
即将过安乐的日子了,
你却变心把我抛弃。

山谷的风不断吹,
时常吹来飓风。
当时很惶恐惧怕,
你把我抱入怀。
即将过安乐的日子了,
你却像丢东西一样把我抛弃。

山谷的风不断吹,
吹上险峻的高山。
没有草不被吹死,
没有树不被吹萎。
你忘了我的美德,
念叨着我的小错。

小雅·白华

白华菅兮[1]，白茅束兮[2]。
之子之远[3]，俾我独兮[4]。

英英白云[5]，露彼菅茅[6]。
天步艰难[7]，之子不犹[8]。

滮池北流[9]，浸彼稻田[10]。
啸歌伤怀，念彼硕人。

樵彼桑薪[11]，卬烘于煁[12]。
维彼硕人，实劳我心。

鼓钟于宫[13]，声闻于外。
念子懆懆[14]，视我迈迈[15]。

有鹙在梁[16]，有鹤在林。
维彼硕人，实劳我心。

鸳鸯在梁，戢其左翼[17]。
之子无良，二三其德[18]。

有扁斯石[19]，履之卑兮[20]。
之子之远，俾我疧兮[21]。

△ 注释

1 白华：即"白花"。菅：植物名，菅草。
2 白茅：白茅草。束：捆扎。
3 之子：这个人。之远：去远。
4 俾：使。
5 英英：同"泱泱"，又多又大的样子。白云：白色的云烟，这里指山间的云雾。
6 露：这里用作动词，露水打湿。
7 天步：命运。
8 不犹：不如，不像，这里指丈夫对妻子不像以前一样好。
9 滮池：水名。
10 浸：灌溉浸润。
11 樵：这里用作动词，砍伐。桑薪：桑树柴薪。
12 卬：我。煁：火炉。
13 鼓钟：敲钟。
14 懆懆：忧愁不安的样子。
15 迈迈：伤心。
16 鹙：水鸟名。梁：鱼堤。
17 戢：收敛。
18 二三其德：详见《卫风·氓》。
19 扁：平的石头。
20 履：踩。卑：卑微。这里指被遗弃的女子像脚下的石头一样卑微。
21 疧：相思病。

○ **诵读提示**

本篇与《小雅·我行其野》相似,都是描写被丈夫抛弃的一个女子。

□ **白话翻译**

菅草开出朵朵白花,我用白茅草捆着它。
这个人去了这么远,真的让我很孤独啊。

又多又浓的云雾,打湿了菅草。
命运这样艰难,他不再对我好。

滮池的水向北流,浸润灌溉两岸的稻田。
伤心地长啸悲歌,我还在想那高大的人。

砍下桑树作柴薪,我用火炉烘着它。
那个高大的人啊,真的让我很伤心。

钟声在宫内响着,声音却传到外面。
我想你我很忧愁,你看我却不开心。

鹭鸟在鱼堤上,白鹤在树林里。
那个高大的人,真的让我伤心。

鸳鸯在鱼堤上,收敛左边的翅膀。
那人真是不好,翻来覆去地变心。

有块扁扁的石头,踩上去那么低。
这个人走这么远,让我忧伤生病。

第六章

悼亡——四首

虽然悼亡诗在《诗经》中仅有数篇,但是影响巨大,开中华古典诗歌中悼亡诗的先河。

邶风·绿衣

绿兮衣兮,

绿衣黄里[1]。

心之忧矣,

曷(hé)维其已[2]!

绿兮衣兮,

绿衣黄裳(cháng)[3]。

心之忧矣,

曷维其亡[4]!

绿兮丝兮[5],

女所治兮[6]。

我思古人[7],

俾(bǐ)无訧(yóu)兮[8]!

绨(chī)兮绤(xì)兮[9],

凄其以风[10]。

我思古人,

实获我心。

△ 注释

1 里:衣服的里层。
2 曷:何,疑问词。已:停止。
3 裳:下衣,围裙。
4 亡:无,没有。
5 丝:这里指做衣服的丝线等材料。
6 女:同"汝",你。治:处理。
7 古人:故人。
8 俾:使。訧:过失,错误。
9 绨:细葛布。绤:粗葛布。
10 凄:凉爽。

○ **诵读提示**

本篇描写的是丈夫看到妻子所做的衣服,睹物思人,因而怀念亡故的妻子。

□ **白话翻译**

绿色的衣服啊,
有黄色的里子。
心里面的忧愁,
何时才能停止!

绿色的衣服啊,
有黄色的裙子。
心里面的忧愁,
何时才能消失!

绿色的丝线啊,
是你曾处理的。
我想起故人啊,
使我不会犯错。

葛布不论粗细,
透过凉爽的风。
我想起故人啊,
多么称我心意。

唐风·无衣

岂曰无衣?
七兮[1]。
不如子之衣,
安且吉兮[2]。

岂曰无衣?
六兮。
不如子之衣,
安且燠兮[3]。

△ 注释

1 七:虚数,与下文"六"一样都是指衣服很多。
2 安:舒适。吉:漂亮。
3 燠(yù):温暖。

○ 诵读提示

本篇描写了一个男子对亡妻的真挚感情。他想念亡妻亲手做的好看又温暖的衣服。全诗言简意深,直入人心。

□ 白话翻译

难道说我没有衣服吗?
有七件啊。
但是不如你做的衣服,
舒适而且好看。

难道说我没有衣服吗?
有六件啊。
但是不如你做的衣服,
舒适而且温暖。

唐风·葛生

葛生蒙楚[1]，蔹蔓于野[2]。
予美亡此[3]，谁与独处！

葛生蒙棘[4]，蔹蔓于域[5]。
予美亡此，谁与独息！

角枕粲兮[6]，锦衾烂兮[7]。
予美亡此，谁与独旦[8]！

夏之日，冬之夜[9]。
百岁之后，归于其居[10]！

冬之夜，夏之日。
百岁之后，归于其室[11]！

△ 注释

1 葛生：葛藤生长。蒙：覆盖，缠绕。楚：荆条。
2 蔹：蔹草。蔓：蔓延。
3 予美：我的美人。
4 棘：酸枣树。
5 域：坟地。
6 角枕：牛角做的枕头。粲：同"灿"，有光泽。
7 锦衾：锦绣织的被子。烂：鲜丽有光彩。
8 旦：天亮。
9 夏之日，冬之夜：夏日、冬夜分别是一年中昼、夜很长的时候，这里指长久的思念。
10 居：墓门。
11 室：墓室。

○ 诵读提示

本篇是丈夫哀悼妻子的悼亡诗作。全诗感情真挚，沉痛深刻，开千古悼亡诗之先河。

□ 白话翻译

葛藤缠绕着荆条生长，蔹草蔓延在原野上。
我的美人在这里死去，谁陪着她独自居住。

葛藤缠绕酸枣树生长，蔹草蔓延在坟地上。
我的美人在这里死去，谁陪着她独自休息。

牛角枕还有光泽，锦绣被还很鲜丽。
我的美人在这里死去，谁陪着她捱到天亮。

夏天的白昼，冬天的夜晚。
我百年以后，也回到这个墓门。

冬天的夜晚，夏天的白昼。
我百年以后，也回到这个墓室。

桧风·素冠

庶见素冠兮¹,
棘人栾栾兮²,
劳心忄专忄专兮³。
<small>tuán</small>

庶见素衣兮,
我心伤悲兮,
聊与子同归兮⁴。

庶见素韠兮⁵,
<small>bì</small>
我心蕴结兮⁶,
聊与子如一兮⁷。

△ **注释**

1 庶:幸好。素冠:白帽子。
2 棘人:瘦削的人。栾栾:瘦削憔悴的样子。
3 忄专忄专:忧伤愁苦的样子。
4 聊:愿。
5 韠:护膝。
6 蕴结:郁结。
7 如一:像同一个人。

○ **诵读提示**

本篇不一定是描写男女之间的感情，其悲哀之情深挚，也可能是对自己亲人或君主逝去的悲痛，因此收入悼亡篇中。全诗从语气上看，有可能是女性的口吻。

□ **白话翻译**

幸好看见了你戴过的白帽子啊，
但是瘦瘦的人更憔悴了，
使我的心更愁苦啊。

幸好看见了你穿过的白上衣啊，
但是我的心更悲痛了，
愿意与你一起归去啊。

幸好看见了你穿过的白护膝啊，
但是我的心更郁结了，
愿意与你死在一起啊。